梅子涵
主编

初恋

[俄]屠格涅夫　著　沈念驹　译

华东师范大学出版社

图书在版编目(CIP)数据

初恋:新课标/(俄罗斯)屠格涅夫著;沈念驹译. —上海:华东师范大学出版社,2017
ISBN 978 - 7 - 5675 - 6794 - 8

Ⅰ.①初… Ⅱ.①屠…②沈… Ⅲ.①短篇小说-俄罗斯-近代 Ⅳ.①I512.44

中国版本图书馆 CIP 数据核字(2017)第 264981 号

初恋

著　者	〔俄〕屠格涅夫
译　者	沈念驹
总策划	上海采芹人文化
选题统筹	王慧敏　陈洁
项目编辑	许静　陈斌
审读编辑	储德天
特约编辑	魏舒婷　曹越
装帧设计	卢晓红

出版发行　华东师范大学出版社
社　　址　上海市中山北路 3663 号　邮编 200062
网　　址　www.ecnupress.com.cn
电　　话　021 - 60821666　行政传真 021 - 62572105
客服电话　021 - 62865537　门市(邮购)电话 021 - 62869887
地　　址　上海市中山北路 3663 号华东师范大学校内先锋路口
网　　店　http://hdsdcbs.tmall.com

印刷者　常熟市文化印刷有限公司
开　　本　890×1240　32开
印　　张　6
字　　数　104 千字
版　　次　2018 年 1 月第 2 版
印　　次　2018 年 1 月第 1 次
书　　号　ISBN 978 - 7 - 5675 - 6794 - 8/I·1739
定　　价　19.00 元

出版人　王焰

请驯养我

梅子涵

（儿童文学作家、上海师范大学博士生导师）

　　对孩子们说，有哪一些书应该在现在这个年纪里阅读，这是一个很怀有敬意的引导。它是对生命本身的敬意，对成长和未来漫长日子的敬意，对这个世界和整个宇宙的敬意，也是对这些最值得阅读的经典书籍的敬意。是的，敬意：所有生命都值得享受它们，它们能给一个人的生命路途和整个世界、宇宙的秩序带来无限爱护、诗意、智慧、力量、安宁。不对一个孩子说应该阅读这些书，实际上已经是对他的无比的不在意，甚至是鄙视，是真正的对生命的死活不管！

　　我和我们这一代人的童年就没有这样被敬重过，没有人给过我们最值得我们去亲近的书单，给的恰好是不值得的、不适合的，甚至可能会让生命动乱、世界疯狂的书。果然，后来，我们这一代人集体地动乱了，疯狂地参加对中国文化和世界文化的革命，革得国家很多年不能正常呼吸，更别说呼吸优雅。我们对那时很有意见，总要批评，虽然我们很懂得历史的缺陷、时间的缺陷、能力的缺陷，我们愿意理解我们的生命就那样地被过渡、被实验、被损伤，结出很多难看的痂，但是我们完全不愿意我们的下一代被重复，被继续文盲、继续损害。是的，童年，包括青少年，没有必要的经典阅读的记忆，那么哪怕他们个个有名校学历，他们的生命韵味和情怀、气度仍旧可能是文盲般可怜的，甚至是可笑的。

我每次在巴黎的时候，总会租一套房子，有时会去一个社区小小的宁静的图书馆，自己看看书，也看别人在读书。我记住了很多令人感动的情形和场面，其中就有一个这样的墙面布置：《小王子》里的那只漂亮的狐狸，站立在一堆漂亮的书里，旁边写了几个字——请驯养我。

这是来自《小王子》的情节。而在这里，布置者让我读到的是，狐狸请求书籍驯养它。这多么符合一个拥有优秀书籍的图书馆的意义，多么符合经典书籍和人类的关系。

是的，年纪小些的孩子们，已经在长大的青少年们，我们都心甘情愿地接受适合我们阅读的文学经典、文化经典的驯养，加上热烈的学校生活、大自然的生活、社会生活，我们就能成长得多么蓬勃、多么正经、多么有希望，我们就有可能渐渐地让我们国家的呼吸优雅起来——真正的"经典书目"是可以改变国家呼吸的。我们希望国家优雅地强大，希望世界很有爱，很温暖，入睡时放心，醒来也放心。

2013 年 7 月 21 日写于巴黎 DANTON 大街 58 号

目　录
CONTENTS

初　恋

献给 П . В . 安年科夫①

---

① 安年科夫（1813 — 1887），俄国文学评论家，回忆录作者，屠格涅夫同时代友人。

宾客早已散去。时钟敲过午夜十二点半。屋子里只剩下主人，还有谢尔盖·尼古拉耶维奇和弗拉基米尔·彼得罗维奇。

　　主人按了铃，吩咐收拾吃剩的晚餐。

　　"这件事就这样说定了，"他点起一根雪茄烟，更深地坐进安乐椅里，一面说道，"咱们每个人都一定得讲讲自己初恋的故事。现在轮到您，谢尔盖·尼古拉耶维奇。"

　　谢尔盖·尼古拉耶维奇，一个浑身圆鼓隆咚的人，长着一头浅色头发、肿眼鼻泡的脸。他先看了看主人，然后抬起眼皮望望天花板。

　　"我没有初恋，"他终于开口说，"我的恋爱是直接从第二次开始的。"

　　"怎么个开始法？"

　　"很简单。我第一次追求一位十分可人的小姐的时候，正好十八岁。不过我向她献殷勤的样子，仿佛已是情场老手似的，就跟我后来向别的女人献殷勤的样子毫无二致。其实我第一次，也是最后一次钟情的，是我五六岁时照顾我的保姆。可是这是老早以前的事了，我们两人关系的细节在我记忆里已经磨灭，再说即使我还记得那些事，有谁会感兴趣呢？"

"那可怎么办呢？"主人开始说，"我的初恋也没有多少有趣的东西，在跟安娜·伊凡诺芙娜——我现在的妻子认识以前，我没爱上过任何人。而且我们的婚事进行得一帆风顺——由双方父亲做媒，我们很快就彼此相爱，毫不犹豫地结了婚。我的故事只消两句话就可以说完。先生们，说实话，我提出初恋的问题，是希望你们二位来讲讲，我不说老年单身汉，但也不是说年轻的单身汉。弗拉基米尔·彼得罗维奇，难道您就不能讲点儿让咱们逗乐的事儿？"

"我的初恋确实属于非同寻常的一类。"弗拉基米尔·彼得罗维奇稍有点儿结结巴巴地应道。他年届不惑，黑发里已杂有几根银丝了。

"啊！"主人和谢尔盖·尼古拉耶维奇异口同声地说，"那更好……讲吧。"

"那好吧……哦不，我不打算讲，我口才不好，说起来要么枯燥乏味、三言两语，要么啰啰唆唆，缺少真实感。如果允许，我把记得起来的事都写到一个本子上，然后念给你们听。"

起初朋友们不赞成这个办法，但弗拉基米尔·彼得罗维奇坚持不作让步，大家只好作罢。两星期以后他们再度相聚时，弗拉基米尔·彼得罗维奇果然不爽前约。下面就是他写在本子上的故事。

1

事情发生在一八三三年夏季，当时我十六岁。

我住在莫斯科自己双亲的身边。在卡卢加门附近无愁园的对面，他们租有一幢别墅。我准备考大学，但是很少用功，而且心里也毫不着急。

没有人约束我的自由。我想干什么就干什么，尤其在我与我最后一位法国家庭教师分手以后。此后一想到自己"像颗炸弹一样"落到俄国，心里怎么也舒坦不起来，所以成天绷着脸躺在床上。父亲对我漠不关心，但态度和蔼，母亲对我几乎不闻不问，虽说除了我她没有别的孩子——其他一些要分心的事将她占据了。我父亲还是个年轻人，而且英俊漂亮，出于经济上的打算才娶她为妻。她比他大十岁。我妈妈过的是一种可悲的生活——无时无刻不在激动不安、吃醋、生气——但这是当父亲不在场的时候。她对他怕得厉害，而他的举止则表现为严厉、冷淡，叫人不好亲近……我未曾见过一个人比他更温文尔雅、安详自若、充满自信、刚愎自用。

我永远不会忘怀我在别墅度过的头几个星期。天气晴好，风和日丽，我们从城里乘车过来是在五月九日，正逢尼古拉①节。我四处漫游——有时在别墅花园里，有时在无愁园，有时在城门外。我常在身边随便带上一本书——比如卡依达诺夫②的教科书——不过很少去翻它，更多的是朗诵诗歌，这些诗我能背出许许多多。我心潮起伏，又黯然伤怀——既那么怡然自得，又那么滑稽可笑；我总是期待、担心着什么，对什么都大惊小怪，而且全身戒备；我浮想联翩，而且总是围绕几个相同的念头沉思遐想，犹如雨燕在晨曦中围绕钟楼穿梭往回；我心事重重，愁绪满怀，甚至伤心落泪；然而血气方刚的年轻生命的愉悦之情，却似春草一般透过泪水、透过愁绪——有时由铿锵悦耳的诗句，有时由黄昏时分的良辰美景所勾起的愁绪油然而生。

我有一匹马驹用作坐骑，我亲自给它备鞍，独自骑着它向远方任意驰骋，我纵马扬鞭，设想自己是个比武的骑士——风儿在耳边呼啸得多么欢乐！——或者仰首望天，敞开胸怀领受灿烂阳光的抚弄。

---

① 尼古拉，早期基督圣人。

② 卡依达诺夫（1780—1843），俄国教育家兼历史学家。1811—1816 年曾是皇村学校教授，是众多历史教科书的作者。

　　记得当时，女人的形象，女性情爱的影子，虽然尚未在我头脑里形成固定的轮廓，然而对于女性的未曾体验过的、说不出的、甜蜜的、朦朦胧胧的、羞羞怯怯的感触，却蕴藏在我的心灵深处。

　　这种感触，这种期待，渗透于我的整个生活当中，伴随着我的一呼一吸，滚动于我血管的每一滴血液里，并注定要在而后不久化为现实。

　　我家的别墅包括一幢主人住的有廊柱的木结构正屋和两所矮小的侧屋，左面的侧屋用作生产廉价糊墙纸的小工场……我不止一次溜到那里去，观看十个瘦骨伶仃、头发蓬乱、身穿沾满油污的长褂的小男孩做工。他们一脸倦容，不时跳到一根用于挤压压印机的木头杠杆上，借助瘦小身体的重量压印出糊墙纸上彩色的图案。右面的一间侧屋正闲置待租。有一天——五月九日后过了三个星期——这间侧屋的所有窗户的百叶窗打开了，出现了几个女人的身影——有一户人家搬进了这间屋子。记得当天午餐时母亲向管家打听过新邻居是什么人，当听到夫人姓查谢金娜时，先带有几分敬意地说："啊！是公爵夫人……"继而又说道，"看样子是一位穷贵族。"

　　"乘了三辆出租马车来的，"管家一面恭敬地上菜，一面说，"他们没有自备的轻便马车，太太，家具也是少得不能再少了。"

　　"是啊，"母亲答道，"不过那倒更好些。"

父亲冷冷地瞪了她一眼，她便不再吭声了。

确实，查谢金娜公爵夫人不可能是位富家女子，她所租用的那间侧屋既破旧又窄小低矮，家境稍为殷实的人家是不会愿意住进去的。不过这些话当时在我都不过是耳边风。公爵的头衔对我也起不了什么作用，前不久我刚读过席勒的《强盗》。

2

我有个习惯，每天傍晚带上猎枪在花园游荡，守候着打乌鸦。对这些机警、贪婪、狡猾的鸟儿我早就感到满腔仇恨。在故事中说到的那一天，我又到花园里去了。在那里，我几乎走遍了所有林荫小径，却一无所获（乌鸦已认得出我，只在远处断断续续地叫几声）。偶然间，我走近一道低低的栅栏，这道栅栏是用于分隔花园里属于我们家的范围和伸展在右面的侧屋后头的一个狭长园子的，而这个园子则属于侧屋的范围。我低着头踽踽而行。蓦然间我听到有人语声。我隔着栅栏望过去，不禁怔住了……我看到了一幅奇特的景象。

在离我几步远的地方，林间空地上，几丛马林果灌木之间，站着一个个子高挑、身材苗条的少女，她身穿一件玫瑰红的条纹连衣裙，头包一块白头巾。她的四周围站着四个年轻小伙子，她正用一小束灰色的花朵依次拍打每个人的额头。我叫不出这花的名称，但是小孩子对它却非常熟悉——这种花的形状像小袋子，只要将小袋子往硬东西上一敲，就会啪的一声张开。年轻后生们凑过自己的额头时是那么心甘情愿——少女一举手一投足（我是从侧面看到她的），都具有一种力量，叫你心驰神往、俯首听命，让你感到爱抚之情、嘲弄之意，却又可亲可近。我几乎因惊喜交集而叫出声来，如果能让这迷人的手指也拍一下我的前额，那我会立即将世上的一切都奉献出去。我的猎枪滑落到草地上，我忘乎所以，眼睛呆呆地盯着那婀娜的腰肢、脖颈、美丽的双手、白色头巾下散乱的浅色头发、两只半开半闭的聪明眼睛、长长的眼睫毛以及睫毛下温柔的面颊……

"年轻人，喂，年轻人！"突然我附近有人说话，"难道作兴这样瞧别人家的小姐吗？"

我浑身一颤，吓呆了……我旁边，在栅栏的那一面站着一个剪着短短的黑发的人，面露嘲讽地看着我。就在这一刹那间，少女向我转过脸来……我看见了长在活泼、欢乐的脸上的一双灰色大眼睛——蓦然间这整张脸颤动起来，露出了笑容，露出一口洁白的牙齿，双眉一挺，似乎显得有点儿滑稽……我的脸刷的一下红了，从地上抓起猎枪，随着后面跟来的响亮然而并无恶意的笑声，拔腿向自己的房间跑去。我扑到床上，用双手捂住了脸，心一直跳个不停，我既害臊又高兴，我体验到一种前所未有的激动。

稍事休息以后，我梳了头，把身上清理了一下，便下楼喝茶去。年轻姑娘的倩影在我面前萦回，心虽已不再激烈跳动，却依然感到愉快和紧张。

"你怎么啦？"父亲突然问我，"打死了一只乌鸦？"

我曾想把一切都告诉他，但还是忍住没说，只微微笑了一下。上床的时候，我自己也不明白什么原因，竟踮着一只脚转了两三次身，在脸上抹了香膏，然后才躺下，接着就整夜睡得跟死人一样了。天亮前我稍稍醒过来一会儿，但只仰了仰头，兴奋地望了望四周，立刻又重回梦乡。

3

"要是能跟他们家认识有多好。"这是早晨我一醒来就想到的事。早茶前我去花园里，但没有太靠近栅栏，一个人也没有见着。喝完早茶我在别墅前面的街道上走了几个来回，还从远处向窗户里面望过……我似乎看到窗帘后面有她的面孔，于是一惊之下赶快离开了。"不过总得跟她认识才是。"我思忖着，一面在无愁园前面一览无余的平坦沙地上漫无目的地来回踱步。"可怎么认识她呢？问题就在这里。"我回忆昨日见面时极微小的细节，不知怎么搞的，她嘲笑我的那副模样我记得特别清晰……然而就在我心里躁动不安、构想各式各样计划的时候，命运却向我伸出了援助之手。

我不在家的时候，母亲接到新邻居的一封信，信写在一页灰色的纸上，用咖啡色的火漆加了封，这种火漆只有在邮政通知单和廉价酒的瓶塞上才用到。在这封错别字连篇、字迹不整的信中，公爵夫人请求我母亲给予庇护。依照公爵夫人的说法，我母亲与许多有影响的人物颇有交情，而这些人物却决定着她和她子女的命运，因为她正在打关系重大的官司。"我讨（叨）饶（扰）您，"她写道，"作为一位贵夫人讨饶一位贵夫人，同时，能利用这个机会，我感到飞（非）常高心（兴）。"结尾处她请求母亲允许她登门拜访。我见到母亲时，她心情正不好，父亲不在家，她无人可与之商量。对一位贵夫人，而且还是位公爵夫人，置之不理是不合适的。然而怎么回答，母亲却有些把握不定。用法语写条子对她似不相宜，而对俄文的书写规则我母亲自己也不熟悉——她有自知之明，并不想招来非议。我的到来使她大喜过望，当即要我到公爵夫人家去走一遭，口头告诉她，说家母愿意随时为公爵夫人效劳，并请她在一点钟左右光临寒舍。我秘藏心头的愿望竟意想不到地得以迅速实现，这使我又喜又惊。然而我没有流露浑身上下不自在的情绪，而先到自己房里去，以便打一条新领结，穿一件常礼服（平时在家里我只穿着一件短上衣，而且是翻领的），虽然觉得穿着挺不舒服。

4

在我不由自主浑身哆嗦地跨入那间窄小、凌乱的侧屋的前厅时，遇到的是头发花白的老仆人。他有一张古铜色的脸膛，一对猪一样闷闷不乐的小眼睛，前额和两鬓布满深深的皱纹，这样的皱纹我平生从来没有见到过。他拿着托盘，上面有一条啃干净的鲱鱼脊梁骨，他随身用脚把通向另间的房门带上，生硬地问我：

"您要干什么？"

"查谢金娜公爵夫人在家吗？"我问。

"伏尼法蒂！"门后面一道刺耳的发颤的女人声音喊了起来。

仆人默默地转过身去，将背向着我，这时才露出他那件仆役制服穿得陈旧不堪的后背，背后只有孤零零的一颗褪成了红褐色的带纹章的纽扣。他将托盘放在地上，就走了。

"去过警察分局了？"还是这个女人的声音又一次说道。仆人咕咕哝哝地说了几句话。"啊？……有人来了？……"还是那个声音，"邻家的少爷？那有请。"

"请，到客厅见。"仆人重新出现在我面前，一面从地上端起盘子，一面说。

我起步走进"客厅"。

我来到一间不太整洁的小房间，里面的简单陈设像是匆忙间草草布置的。窗前，断了一只扶手的安乐椅上，坐着一位五十岁上下的妇女，没有戴帽子，其貌不扬，穿一件绿色旧连衣裙，脖子上围一块粗毛线三角巾。她那双黑色的小眼睛紧紧地盯着我。

我走到她面前躬身行了个礼。

"我有幸跟查谢金娜公爵夫人说话吗？"

"我就是查谢金娜公爵夫人，您是 B 先生的令郎吗？"

"正是，夫人。我到府上是受家母嘱托。"

"请坐。伏尼法蒂！我的钥匙在哪儿？你见过吗？"

我向查谢金娜报告了我母亲对她字条的答复。她用粗粗红红的手指敲击着窗台，听我说下去。待我讲完，她又一次盯着我看。

"很好，一定去。"她终于说道，"看您还那么年轻！请允许我问一声，您几岁了？"

"十六。"我不由得结结巴巴地回答。

公爵夫人从口袋里掏出一些写得密密麻麻、沾满油污的文书，凑到鼻子底下，开始一页页翻看。

"正是锦绣年华，"她坐在椅子里转来转去，坐不安宁，突然冒出一句，"您就请别客气，我是很随便的。"

"太随便了。"我寻思着，同时情不自禁地怀着厌恶的心情用目光审视她那难看的身影。

此时客厅的另一扇门急速打开了，门口出现了我昨天在花园里见到过的那位少女。她举着一只手，脸上掠过一丝冷笑。

"这就是小女，"公爵夫人用胳膊肘指了指她，说道，"季诺奇卡，咱们邻居 B 先生的公子。请问，您的大名？"

"弗拉基米尔。"我一面起身，一面由于心情激动而轻声嘟囔着回答。

"父名呢？"

"彼得罗维奇。"

"哦！我有一个熟悉的警察局长，也叫弗拉基米尔·彼得罗维奇。伏尼法蒂！别找钥匙了，钥匙在我兜儿里。"

年轻姑娘继续含着先前的冷笑望着我，微微地眯起眼睛，稍稍斜歪着脑袋。

"我已经见过伏尔台玛尔先生 ① 了。"她开始说，她银铃般的嗓音犹如一阵甜丝丝的凉意流遍我全身，"您允许我这样称呼您吗？"

---

① 原文为法文和法国式的俄文。

“请便，小姐！”我嘟囔着说。

“在哪儿见过？”公爵夫人问。

公爵小姐没有回自己母亲的话。

“您现在有空吗？”她问我，眼睛依然瞧着我。

“一点儿事也没有，小姐。”

“您愿意帮我绕毛线吗？来，请到我这儿来。”

她向我点了点头，就走出客厅去。我跟着她出去。

我们步入的房间里陈设稍好，布置得也较有情趣。其实当此时刻，我几乎什么也没能看见。我梦游般地移步而行，只感觉到全身有一种近乎愚蠢的快心遂意的紧张。

公爵小姐坐下来，取出一束红毛线，向我指了指她对面的椅子，就用心将线头解开，交到我手里。她默然无语地操作着，显出一副滑稽可笑的慢条斯理的样子，微微开启的唇间依然挂着那一丝明快、狡黠的冷笑。她开始将毛线绕到一张折起来的卡片上，突然她的目光向我投来极其明亮、极其迅速的一瞥，使我身不由己地垂下了眼睑。当她那双半开半睐的眼睛完全张大的时候，她的容颜便彻底变了样，宛如一道阳光从脸部喷涌而出。

“伏尔台玛尔先生，昨天您对我有什么看法？”过了一会儿她问我，“您也许对我进行了指摘？”

"我……公爵小姐……我什么也没有想……我怎么能……"我局促不安地说。

"您听着，"她回我的话说，"您还不了解我，我是个很乖僻的怪人，我希望别人永远对我说真话。我听说您才十六岁，而我却二十一了。您看我年纪比您大得多，正因为如此，您必须对我说实话……并且听从我，"她补充说，"请看着我——您干吗不看着我？"

我更加尴尬了，但是却已抬起眼来望着她了。她露出了笑容，不过已不是先前的那种笑容，而是另一种赞许的笑容。

"看着我，"她和蔼地压低声音说，"不然我心里会不舒服……我喜欢您的脸，我预感到我们会成为朋友。可是您喜欢我吗？"她狡狯地补充说。

"公爵小姐……"我刚要开口。

"首先，叫我季娜伊达·亚历山大罗芙娜，其次，小孩儿（她立即改口说）——年轻人怎么会有这样一种习惯？——不直截了当说自己感觉到的事。对成年人来说这是好事。您究竟喜欢我吗？"

她如此对我开诚布公地说话，虽然使我感到非常舒心，但是我仍然觉得有点儿委屈。我想向她表示，她不是在跟一个小孩子打交道，于是便作出尽可能无拘无束和态度认真的样子说："当然，您使我非常喜欢，季娜伊达·亚历山大罗芙娜，我不想隐讳。"

“您有家庭教师吗？”她突然问。

“没有，我早就没有家庭教师了。”

我撒了个谎：我和我的法国佬分开还不到一个月呢。

“哦！看得出来，您完全是个大人了。”

她轻轻拍了拍我的手指。

“把手伸直！”她便认真地开始绕起毛线团来。

利用她还没有抬眼的机会，我开始仔细端详她，起先是悄悄地看，后来就越来越大胆了。我觉得她的芳容比昨天更加迷人了，脸上的每一处都那么细腻、聪慧和可爱。她背窗而坐，窗上垂挂着白色帘幕，阳光透过帘幕将柔和的光线洒向她蓬松金黄的发丝，无可挑剔的脖颈，袒垂的双肩和温柔安详的酥胸。我望着她——她对于我变得多么珍贵和亲近！我觉得我早已认识她了，在她以前我什么也不知道，连做人也没有做过……她穿一件颜色稍深、已经穿旧的带罩裙的连衣裙。我似乎感到我是那么乐意地想抚弄一下这件连衣裙和罩裙的每一个褶裥。她连衣裙下露出皮鞋的鞋尖，我多么想以崇拜之情俯身去亲吻这对鞋尖……“现在我居然坐在她的面前，”我想道，“我和她认识了……多大的幸福，我的天呐！”我差点儿兴奋得从椅子里跳起来，不过只是像吃了美味佳肴的婴儿一般轻轻蹬了蹬脚。

我如鱼得水，欣喜万状，心想，最好我一辈子也别离开这间屋子，不离开这个位置。

她的眼皮轻轻抬了起来，于是她那水灵灵的眼睛又在我面前闪起和颜悦色的光芒——她又露出一丝冷笑。

"您为什么老盯着我？"她慢吞吞地说，同时伸出一个手指向我警示。

我脸红了……"她什么都明白，什么都看得见，"我脑子里闪过一个念头，"她怎么会什么也不明白，什么也看不见呢！"

忽然隔壁房里什么东西敲了一下——是军刀的声音。

"季娜！"客厅里公爵夫人喊道，"别洛符索罗夫给你送来了一只小猫崽。"

"小猫！"季娜伊达大声叫起来，同时急速从椅子里站起来，将线团往我大腿上一扔，便跑了出去。

我也站了起来，把毛线束和线团搁到窗台上，然后走到了客厅里，困惑莫解地止住了脚步。房间中央，一只有条纹毛色的小猫张开四肢趴在地上。季娜伊达跪在它前面，正在小心地将它的脸面扳起来。公爵夫人的旁边出现一个头发浅色、卷曲的英俊小伙子，这位面颊绯红、双眼暴突的骠骑兵，几乎挡住了两扇窗户之间的那块墙壁。

"多有趣！"季娜伊达说，"它的眼睛不是灰色，而是绿的，还有耳朵有多大！谢谢您，维克多·叶戈雷奇！您真可爱。"

我认出骠骑兵就是昨天我见到的年轻人中的一个，他微微一笑，鞠了一躬，同时啪的一声碰响了马刺，军刀上的小环也哐啷响了一下。

"昨天您说希望有一只大耳朵的小狸猫……这不是给您搞到了吗。您一句话，就等于法律呀！"说着，他又鞠了一躬。

小猫轻微地叫了一声，开始在地上嗅来嗅去。

"它饿了！"季娜伊达大声说，"伏尼法蒂！索妮娅！拿牛奶来。"

女仆身穿一件黄色旧连衣裙，脖子上围一块褪了色的三角巾，手里拿着一盘牛奶走进屋来，将奶盘摆到小猫跟前。小猫抖了一下，眯了眯眼睛，开始舔奶吃。

"看它粉红色的舌头多有趣。"季娜伊达的脑袋几乎低低地凑近了地，她从侧面直望着猫的鼻子底下说道。

小猫吃饱了，开始发出呼噜呼噜的声音，装腔作势地伸了伸四只爪子。季娜伊达站起身，转脸向着女仆，表情冷漠地说："把它带走。"

"为了小猫，请把小手给我。"骠骑兵咧开嘴笑着，将被新制服绷得紧紧的强壮身躯扭了扭，说道。

"给两只手。"季娜伊达向他伸过双手去回答道。在他吻这双手的时候，她隔着肩膀瞧着我。

我呆滞不动地站在那里，不知该笑、该说些什么，还是就这么一声不吭的好。突然我们家的听差费奥多尔的身影透过前厅敞开的门口闯入了我的视线。他向我招招手，我机械地向他走去。

"你有什么事？"我问。

"您妈妈派我来找您，"他小声说，"她正生气呢，说您怎么不带个回音给她。"

"难道我来这儿好久了？"

"一个多小时了。"

"一个多小时！"我不由得重复这句话，于是回到客厅，开始一一鞠躬告辞，同时开始拖着双脚走路。

"您去哪儿？"公爵小姐从骠骑兵后面望了望我问。

"我该回家了，小姐。那我就这么说，"我转向老太太补充说，"您两点钟光临寒舍。"

"就这么回话，老弟。"

公爵夫人急忙掏出鼻烟壶，大声嗅着，嗅得我甚至哆嗦了一下。

"就这么回话。"她泪汪汪地眨巴着眼，发出呼哧呼哧的声音重复说。

我再次鞠躬，转身走出屋去，出去时背部感到很不自在。当年纪很轻的后生得知背后有人在注意他时，他就会有这种不自在的感觉。

"记住，伏尔台玛尔先生，常来看我们呐！"季娜伊达喊道，说着又大笑起来。

"为什么她老是笑？"在费奥多尔陪同回家的路上我想，费奥多尔不以为意地移步跟在我后面。妈妈骂了我，她弄不明白，我在这位公爵夫人家待这么久究竟有什么事好干？我什么话也没有回答，径自回房去了。我忽然感到非常难过……我努力不使自己哭出来……我吃骠骑兵的醋了。

5

公爵夫人如约拜访了我母亲，却未能叫母亲喜欢她。她们见面时我不在场，但吃饭的时候妈妈对父亲说，在她看来这位查谢金娜公爵夫人似乎是个非常俗气的女人①，她一再恳求母亲为她向谢尔盖公爵说情，这使母亲非常反感，她老是卷进一些诉讼案件里去——讨厌的金钱方面的案件②，看样子她像是有打官司癖。但是母亲又

———————

① 原文为法文。
② 原文为法文。

说她已邀夫人明天带了女儿来吃饭（一听"带女儿"三个字，我忙埋头吃盘里的东西），因为她毕竟是位邻居，而且是有名望的人家。听到这儿，父亲对母亲说，现在他记起来这位夫人是何许样人了，说他年轻时认识现已故世的查谢金公爵，一位受过良好教育然而内心空虚、荒唐无聊的人物，上流社会都称他为"巴黎人"①，因为他长住巴黎。他曾经相当富有，但是赌输了全部家产。"不知为什么，也许是为了钱财——其实他可以有更佳选择的，"父亲补充说道，并且冷漠地微微一笑，"娶了一个小官吏的女儿，结婚以后他做起了投机生意，彻底破了产。"

"她可别提出来借钱！"母亲指出。

"这非常可能。"父亲平静地说，"她会说法语吗？"

"很差。"

"嗯，不过这没什么关系。你好像对我说过你邀了她的女儿，有人告诉我她是一个可爱而有教养的姑娘。"

"啊！那她大概不像她母亲。"

"也不像她父亲。"父亲说，"她父亲也受过教育，但是冥顽不灵。"

母亲叹了口气，陷入了沉思。父亲闭上了嘴。在这番谈话过

---

① 原文为法文。

程中，我觉得很不是味儿。午后我去到花园里，但没有带枪。我对自己说过一定不走近"查谢金家的花园"，然而一股不可抗拒的力量却将我引到了那里——而且这一趟没白走。我还未及走近栅栏，就看见了季娜伊达。她双手捧着本书，正在小道上慢慢行走。她没有发现我。

我差点儿就让她这样走过去了，但忽然心有所悟，便咳嗽了一声。

她转过脸来，但没有停步，只用手撩开圆草帽的蓝色宽带子，静静地向我莞尔一笑，又把目光盯住了书本。

我摘下鸭舌帽，站在原地犹豫了一会儿，怀着沉重的心情走开了。

"我对她算得了什么呢？①"我（天知道为什么）用法语低声说道。

我后面传来熟识的脚步声，我回过身去看——父亲正迈着轻松的步伐向我迅步走来。

"这就是公爵小姐？"他问我。

"是公爵小姐。"

"莫非你认识她？"

"今天早上在公爵夫人家见过她。"

_____

① 原文为法文。

父亲停住脚，接着脚跟猛地一转，往后走去。赶上季娜伊达后，他彬彬有礼地向她躬身致意。她也欠身回了礼，脸上不无惊讶的神色，并且放下了书本。我看见她目送他的样子。我父亲的穿着总是非常优雅、别致而又质朴无华，但我从来没有感到他的身材比现在更英俊，他灰色的宽檐帽戴在毛发渐疏的头上从来没有比现在更漂亮。

我起步向季娜伊达走去，然而她连瞧也不瞧我一眼，又捧起书走开了。

6

整个晚间和翌日早上都被我在垂头丧气的木然状态中打发过去。记得我曾试图看点儿功课，也捧起过卡依达诺夫的书，但是只见这本著名教科书中行距宽松的字行和书页在我眼前晃动，却一点儿也看不进去。我一连十遍念着同一行字："尤里乌斯·恺撒以英勇善战而著称"——却一个字也没有领会，于是把书丢在了一边。午餐前我又抹上香膏，穿上常礼服，系上领结。

"你这是干什么？"母亲问我，"你还没有当上大学生呢，天知道你通不通得过考试。再说那件上装做了才不久，不该把它扔了！"

"客人要来了。"我几乎绝望地低声说。

"胡说八道！这算什么客人！"

我只好服从，把常礼服换成短上衣，但是没有解下领结。公爵夫人偕女儿于饭前半小时光临。老太太除了我昨天就已见过的那件绿色连衣裙，还披了块黄披肩，戴了顶有火黄色带子的老式包发帽。她马上就谈起了她的期票，连声叹气，叫穷诉苦，但毫不检点，照样大声嗅鼻烟，照样无拘无束地转来转去，坐在椅子上片刻不宁，仿佛压根儿没有想到自己是公爵夫人。然而季娜伊达却表现得非常严肃，几乎傲慢，俨然一位名副其实的公爵小姐。她脸部现出冷漠端庄、傲视一切的表情——我简直认不出她，认不出她的目光、她的笑容了，虽然她的这番新的模样使我觉得极其美丽。她身穿一件有浅蓝色花纹图案的薄纱罗连衣裙，头发梳成一绺绺长鬈发沿面颊直垂而下——是英国风度，这样的发式正好同她脸部冷漠的表情相得益彰。午餐时我父亲坐在她旁边，并以他天生的优雅、温良的礼貌态度使自己的邻座不受冷落。他有时瞧她一眼——有时她也瞧他一眼，但神情是那样奇怪，几乎怀有敌意。他们之间用法语交谈。我记得季娜伊达纯正的发音令我惊诧不已。席间，公爵夫人依然毫不检点，不断对美味佳肴连连称道，并趁机大饱口福。母亲对于应付她显然感到厌烦，完全用一种闷闷不乐的不屑态度与她对答。父亲偶尔稍稍皱皱眉头。同样，母亲也不喜欢季娜伊达。

"这是个骄傲的女人。"第二天她说道，"可是你想想有什么好骄傲的——就凭她那葛里赛特习气！^①"

"看样子你并没有真的见过葛里赛特！"父亲对她说。

"谢天谢地！"

"不错，谢天谢地……只不过你怎么可以对人家评头论足呢？"

季娜伊达根本就没有理睬我。餐后不久公爵夫人开始告辞。

"我将寄希望于得到你们的庇护，玛丽娅·尼古拉耶芙娜和彼得·瓦西里耶维奇，"她拉长了声调对我母亲和父亲说，"有什么办法！不是没有过过好日子，不过都成了过去。我就是这副样子——一位贵夫人。"她讨厌地笑着补充说，"假如连饭也吃不上，还顾得上什么面子呢！"

父亲恭敬地向她一鞠躬，一直送到前厅门口。我穿着那件嫌短的上装站在原地，眼睛望着地，仿佛一个被判处死刑的囚犯。季娜伊达对待我的态度使我彻底绝望。但是当她走过我身旁，却含着先前那种和蔼可亲的眼神快速地对我悄悄说话时，我是多么地惊讶不已：

· "八点钟到我们家来，听着，一定要来……"

———————

① 原文为法文。"葛里赛特"是当时法国文学作品中诸如女裁缝、女店员、女合唱团员之类城市少女的总称，有"轻佻女子"的意思。

我只是惊讶地摊了摊双手——但是她把一块白围巾往头上一披，已经离去了。

7

八点整，我身穿常礼服，头上梳着高耸的发冠，走进公爵夫人寓居的侧屋的前室。老仆人愁眉苦脸地瞧了我一眼，不情愿地从长凳上站起身。客厅里传出欢声笑语。我推开门，惊讶得退了一步。房间中央，一张椅子上站着公爵小姐，将一顶男式宽檐帽擎在自己手中。椅子四周，围聚着五个男子。他们努力将手往帽子里伸，她却将帽子向上举起，使劲摇来晃去。见到我后，她喊了一声：

"等一等，等一等！新客人来了，也得给他一张票。"说着轻巧地从椅子上跳下，拉住了我常礼服的翻边袖口。"咱们过去，"她说，"您干吗站着不动？先生们①，请允许我给你们介绍：这位是伏尔台玛尔先生，我们邻居家的儿子。而这位，"她向我依次指着一个个客人，接着说，"是马列夫斯基伯爵，卢申医师，诗人马依达诺夫，退伍上尉尼尔马茨基，还有别洛符索罗夫——骠骑兵，您已经见过面了。请相互多多关照。"

---

① 原文为法文。

我窘得厉害，以致对谁也没有鞠躬致意。我认出卢申医师就是在花园里毫不留情地羞辱过我的那位黑皮肤的先生，其余的我都不认识。

"伯爵！"季娜伊达继续说，"给伏尔台玛尔先生写一张票券。"

"这不公平！"伯爵操着略带波兰口音的话语反对道。这是位非常英俊、衣着讲究的黑发男子，有一双富有表情的深棕色眼睛，一个窄窄白白的小鼻子，小嘴上留着淡淡的一撮唇髭。"他没有跟咱们玩过方特①。"

"不公平，"别洛符索罗夫和那位被称做退伍上尉的先生也说道。后者大约四十岁上下，一脸麻子，不堪入目，长着一头黑人一样的鬈发，一双罗圈腿，穿一件没有肩章的军礼服，敞着胸。

"写票券，对您说，"公爵小姐重复说，"这算什么，反抗我？伏尔台玛尔先生跟咱们还是头一遭玩，今天对他来说规则不起作用。没什么好唠叨的，写吧，我希望这么办。"

伯爵耸了耸肩，然而顺从地低下头去用戴了几只嵌宝石戒指的白白的手握起沾水笔，扯下一片纸，开始在上面写。

"至少请允许我向伏尔台玛尔先生说明一下怎么个玩法，"卢申医生开始说，话音里带着嘲弄的意味，"要不他会完全傻了眼。

———
① 一种游戏。参加者需寻找被藏的物件或猜度某物，输者要表演节目。

028

您看到了吗，年轻人，咱们正在做方特游戏。现在公爵小姐受罚，谁要是摸到幸运券，就有权吻一吻她的手。我对您说的话您明白了吗？"

我只看了他一眼，如堕五里雾中，继续站着。公爵小姐重新跳上椅子，又开始摇晃那顶帽子。大家都被她吸引过去——我跟在别人后面。

"马依达诺夫，"公爵小姐对一个高个儿年轻人说，这个人瘦削的面孔，长了一双视力不好的小眼睛，一头长得出奇的黑发，"您是诗人，应当宽宏大度，把您摸的券让给伏尔台玛尔先生吧，这样他就不是一次机会，而是有两次机会了。"

可是马依达诺夫坚定地摇了摇头，同时抖动了一下他的长发。在别人都摸过后，我也把手伸进帽子，拿起票券打了开来……老天！我看到票券上写着："吻！"这时我还有什么好说！

"吻！"我不由自主地大声叫起来。

"好！他赢了，"公爵小姐接口说，"我真高兴！"她从椅子上下来，那么神采飞扬、温柔甜蜜地向我的眼望了一望，使我的心也激荡起来。

"那么，您高兴吗？"她问我。

"我？……"我讷讷地说。

"把您的券卖给我吧，"别洛符索罗夫突然凑到我耳朵边不知趣地说，"我付给您一百卢布。"

我回答骠骑兵的目光是那么怒不可遏，使得季娜伊达拍起掌来，卢申也大声叫了起来：

"好样儿的！"

"不过，"他继续说，"我作为节目主持人，必须监督所有规则执行不误。伏尔台玛尔先生，请跪下一条腿。这是我们规定的。"

季娜伊达站在我面前，低歪着头，仿佛是为了更清楚地看着我，郑重其事地向我伸过手来。我眼前一片模糊，我想跪下一条腿，却砰的一下双膝着地了，而且双唇轻触季伊娜达的手指时显得那么尴尬，甚至让她的指甲轻轻地截着了我的鼻子尖。

"好！"卢申喊道，同时帮我站起来。

方特游戏在继续进行。季娜伊达让我坐在她身边，她什么样的处罚方法没有想出来！刚好她应当扮成一座雕像，于是她就趁势选中了丑八怪尼尔马茨基做她的底座，吩咐他俯身趴下，并缩起脑袋，将脸对着地。笑声一刻也没有停止过。我这个在名门贵族之家长大、在与外界隔绝的环境里教育出来的孩子，被所有这些喧嚷吵闹、无拘无束、甚至狂放不羁的取乐行动，与素不相识的人们从未有过的交往，搞得晕头转向、忘乎所以了。我简直如喝醉了酒一般。

我开始放声大笑，胡言乱语比别人说得都响，致使正和一位从伊维尔门①请来商议事情的小官吏一起坐在隔壁房里的老公爵夫人也出来看我了。然而我感到极度幸福，真所谓无论什么人的讥笑或睥睨，都满不在乎也不屑一顾了。季娜伊达继续对我厚爱有加，将我安排在她身边寸步不离。一次轮到受罚时我得以和她并排而坐，用原先那块绸方巾盖住两人的头部，我应当对她吐露自己的隐秘。现在我还记得，在那令人窒闷、半明不明、清香阵阵的昏暗中，我们两人的脑袋蓦然间相处在一起了。她那双光彩熠熠、如此贴近、如此温柔的双眸，呼着热气、笑口大开的双唇，清晰可辨的皓齿，还有那触得我痒呵呵、热辣辣的秀发，无不使我心旷神怡。她脸上挂着神秘而狡狯的笑容，悄悄对我说："喂，怎么样？"——我却只知红着脸微笑，并不得不扭过头去轻轻换口气，一句话也说不出来。我们玩腻了方特，就玩起绳圈来。我的天！我一走神她便在我的手指上猛地用力一击，后来我就故意装作走神的样子，而她却来逗我，对我伸在下面的双手碰也不碰。这时候，我感到的狂喜真是没法形容了！

　　这整整一个晚上各种游戏层出不穷。我们弹钢琴、唱歌、跳舞，

----

　　① 位于莫斯科红场附近，今已不存，其位置在今历史博物馆和列宁博物馆之间。在19世纪，莫斯科为人代理诉讼和书写状子的小官吏或代理人，大多聚居这一带。

还扮演了一群茨冈人。尼尔马茨基被穿戴成一头熊的样子，让别人给他喂盐水喝。马列夫斯基伯爵给我们表演纸牌魔术，在把纸牌洗乱以后，他竟能把四张 K 都发到自己手里，为此卢申向他表示祝贺。马依达诺夫向我们朗诵了他的长诗《杀人犯》的片断（故事发生在浪漫主义盛行的年代），这部长诗他打算出版时用黑色封面，配上血红色的大写字母做书名。我们从伊维尔门来的小官吏那里偷走他放在膝上的帽子，并硬要他跳哥萨克舞来赎回帽子，用一顶老年妇女的包发帽来装扮老伏尼法蒂，公爵小姐则戴上了一顶男式宽檐帽……玩的花样真是数也数不尽。只有别洛符索罗夫一人向隅，老坐在角落里，双眉紧蹙，怒气冲冲……有时他两眼充血，满脸通红，仿佛眼看着就要向我们大家猛扑过来，把我们像小木片一样抛向四面八方。但是公爵小姐常瞧他一眼，伸出一根指头向他发出警告，于是他又缩回到自己的角落里去。

终于我们都精疲力竭了。公爵夫人尽管自称颇有能耐——多响的喊叫声她都不在乎——也感到累了，想休息一会儿了。夜间十二点晚餐端上桌来。所谓晚餐就是一块陈年的干奶酪、几块用剁碎的火腿做馅的馅饼，这些馅饼我们觉得比哪一种酥饼都好吃。酒总共才一瓶，而且酒瓶奇形怪状——深深的颜色，瓶颈鼓得大大的，里面装的酒呈玫瑰色，不过谁也没喝一口。我从侧屋里出来，疲惫不堪，幸福得没了力气。分别的时候季娜伊达紧紧地握了握我的手，依然意味深长地向我莞尔一笑。

夜雾向我发热的脸上袭来，使我感到一种沉重而潮润的气息，看样子，一场雷雨正在酝酿中。黑色的云团冉冉升起，在天空缓缓爬行，正在明显地变幻着烟雾朦胧的形状。微风不安地在黑魆魆的树丛里瑟瑟抖动，天边外的远处，雷声仿佛自言自语似的，气呼呼、闷沉沉地在唠叨。

我经过后门的门廊走进自己的房间。我的男仆在地板上睡觉，我只好从他身上跨过去。他醒来见到我，向我报告说母亲又为我大发脾气，还想派人去把我叫回来，但是父亲制止了她。不和母亲道过晚安，并取得她的祝福，我一向是不上床的。但这次也没有办法了！

我对仆人说我自己脱衣上床——于是熄了蜡烛。然而我未曾脱衣，也未上床。

我在椅子上坐下，着了魔似的长久坐着。我所感受的东西是如此新鲜，如此甜蜜……我坐着，微微地顾视四周，纹丝不动，缓缓地呼吸着，有时不由自主地默默一笑。我在想我已经坠入情网，想到在我身上产生了爱情、千真万确的爱情时，我的心激动不已，难以平静。季娜伊达的面容在黑暗中浮现在我面前——她的双唇依旧挂着意味深长的笑容，眼睛微微地斜睨着我，带着疑问、沉思和温情……就如我向她道别的那一瞬间。终于我站起身，踮起脚走到自己床前，小心翼翼地、连衣服也不脱，将头靠到枕上，仿佛担心动作猛烈了会惊动充溢我全身的幸福的感觉……

我躺下了，但是两眼仍没有合。不久我发现不断地有微弱的反光射进我的房间。我稍稍抬起身，向窗外望去。窗格子与神妙莫测、白茫茫的窗玻璃分得一清二楚。"雷雨。"我想道——真的是雷雨，只不过发生在很远的地方，所以连雷声也听不见，只有暗淡的、仿佛分叉的长长的闪电不停地在空中闪烁。与其说闪烁，不如说在颤动，宛如濒死的小鸟在抽动翅膀一般。我起身走到窗前，在那里直站到天明……闪电一刻也没有停息，按民间的说法，这是一个"麻雀之夜"①。我眼望无声的沙地，眼望无愁园那边暗影幢幢的地方，眼望远处楼房淡黄色的墙面，每一次微弱的闪光下楼房似乎也在颤动……我望着，不曾再离开。这些无声的闪电，这些有节制的光亮，仿佛与我内心爆发的隐秘的冲动在交相呼应。黎明已经开始，太阳喷薄而出，照亮了团团鲜红的云朵。随着太阳的升起，闪电越来越淡，颤动的次数越来越少，终于销声匿迹，淹没在业已开始的白昼那明朗、坚定的阳光里……

------

① 在俄文里"麻雀之夜"有"雷雨闪电不息之夜"和"最短的夜晚"两个意思，本书中当指前者，故亦可译为"雷雨之夜"。

我内心的闪电也已消失。我开始觉得非常疲乏，一片寂静……
但是季娜伊达的音容笑貌依然在我心头萦回不去，现出得意扬扬的
样子。只是这个容貌本身看上去是安宁的，犹如一只起飞的天鹅——
它从沼泽地的草丛里出来，离开了周围形象丑陋的身影。而我，在
行将入眠的时候怀着惜别和信任的崇敬心情最后一次拜倒在它跟
前……

　　哦，那柔声细语，脉脉温情，深受感动的心灵，春心初动的窃
喜——你们在哪里，在哪里呢？

8

　　次日早晨我下楼喝早茶时母亲骂了我——不过没有像我预料的
骂得那么凶——还要我说说昨天晚上是怎么过的。我三言两语就应
付过去了，隐瞒了许多细节，并且努力把事情说成毫无过错的样子。

　　"他们毕竟不像受过完美教育①的人，"母亲说，"你犯不着跟
他们交往，倒不如去准备升学考试，做做功课。"

　　我知道母亲关心我的学业无非是这几句话，所以觉得没有必要
去反驳她。但是早茶以后父亲挽起我的手，拉着我走进花园，要我

────────
　　① 原文为法文。

叙述在查谢金家见到的一切。

父亲在我身上的影响是有点儿奇怪的，我们之间的关系也有点儿奇怪。他几乎对我的教育不闻不问，但是从来也不委屈我。他尊重我的自由——如果可以这样说的话,他对我甚至是彬彬有礼的……不过他不让我亲近他。我爱他，欣赏他，在我看来他是男子的典范——哦，我的天，如果不是经常感觉到他的手在推开我的话，我对他会何等的依恋！然而只要他愿意，他会在瞬息之间，只用一句话或一个举动，就激起我对他的无限信赖。我的心扉敞开了——我像对待一个深明事理的朋友，又如同面对一个宽容大度的教诲者，与他东拉西扯，侃侃而谈……接着他会同样突如其来地离我而去——他的手依然会将我一把推开——和蔼、温柔，然而推开了我。

有时碰上他心情正好，这时他便肯和我嬉戏、胡闹，像个孩子一样（他喜欢各式各样的剧烈的体力运动）。一次——只有一次！他如此温和地抚爱我，几乎叫我感动得涕泪俱下……然而他的好心情和慈爱心会消失得无影无踪——发生在我们两人之间的事不会让我对未来寄予任何希望——仿佛这一切都是我梦中所见似的。往往有这样的情况，我开始端详他那聪慧、漂亮、容光焕发的面庞……我的心颤动起来，我的全副身心都要向他扑去了……他似乎感觉得到我内心的活动，便顺便拍拍我的面颊——于是，或者离我而去，或者动手做别的什么事，或者突然间整个人都冷冰冰地呆住了，只有他一个人会那样冷冰冰地呆得出神。我也顿时缩小了，冷却了。他这种好情绪难得会骤然而至，从来不是我那默默无声然而一目了然的恳求所唤起，它总是骤然而至的。后来我在思索父亲的性格时得出这样一个结论：他顾不上我，也顾不上家庭生活。他喜欢别的事情，并完全陶醉于这些别的事情之中。"凡是你能拿到的就自己去拿，别把自己交给他人支配。你只属于自己——这就是生活的全部实质。"有一次他对我说。另外有一次，我作为一个年轻的民主主义者，当着他的面议论起自由来（那一天他正像我所说的显得"和蔼可亲"，这时便可随便和他谈天说地）。

"自由，"他重复说，"可你知道什么东西能给人以自由吗？"

"什么？"

"意志，自己的意志，它给人以权力，这比自由更好。要学会要求——你就获得了自由，便可以指挥别人。"

我的父亲首先考虑并且考虑得最多的是活下去——而他活过了……也许他预感到自己不可能长久利用生活的"实质"：他活到四十二岁便死了。

我向父亲详细叙述了拜访查谢金一家的情况。他坐在长靠椅上，一面用马鞭的梢头在沙地随意画着，漫不经心地听我说。有时他暗暗一笑，炯炯有神、饶有趣味地看看我，还用几个简短的问题或反对的意见来激我。起先我对季娜伊达的名字还不敢说出口，但说着说着便忍不住脱口而出了。父亲继续暗自窃笑。接着他沉思起来，伸了个懒腰便站了起来。

我记得他出门时吩咐给他备马。他是个骑马的好手——远在列里先生到来之前，他就会驯服性子最烈的马了。

"爸爸，我和你一起去吗？"我问他。

"不，"他答道，这时脸上露出了往常那种漫不经心又和蔼可亲的表情，"要是你愿意，就一个人去吧，不过要对马车夫说我不出门。"

他背对着我转过身去，很快就走远了。我目送着他消失在大门外。我看到他的帽子沿栅栏在移动，他进查谢金家去了。

他在他们家逗留的时间不超过一个小时，不过马上又进城去，直到傍晚才回家。

午后我自己去到查谢金家。客厅里我只遇到公爵夫人老太太一个人。见到我后，她用毛线针尖儿伸到帽子里搔了搔头，突然问我能不能帮她抄写一份申请书。

"非常乐意。"我答道，一面在椅子一端坐下。

"不过得注意把字写大些，"公爵夫人说着递给我一张密密麻麻写满字的纸，"还有，能今天就抄吗？老弟？"

"今天就抄。"

隔壁房间的门稍稍开了一点——门缝里露出季娜伊达的脸——苍白、若有所思，头发随随便便地拢在后头，她用她那双冷漠的大眼睛望了望我，便轻轻关上了门。

"季娜，唉，季娜！"老太太说。

季娜伊达没有应她。我带走老太太的申请书，一晚上都坐着抄写。

9

从那一天起，我害上了相思病。记得那时候我感受到某种与一个人在供职谋生后才应当感受到的情感相似的心理，我不再仅仅是一个少年男孩，我堕入了情网。我说过从那天起我害上了相思病，我想我还能再加上一句话，即我的苦难也正是从那天开始的。不见她的时候我寝食不安，脑子里一片空白，手头什么事也做不成，成天苦苦地思念她一个人……然而有她在场时心情也不见得轻松些。我醋劲十足，明知自己微不足道，但却狂妄自大；或者低三下四，愚不可及——但是仍然有种不可阻挡的力量将我吸引到她的身边。

每一次当我跨进她房门时总会有一阵身不由己的幸福的战栗。季娜
伊达一眼就猜出我爱上了她，而我也不想掩饰自己。我的春心使她
高兴，她便愚弄我，纵容我，折磨我。给他人带来最大幸福与至深
痛苦，并成为这种幸福与痛苦的根源，成为专横跋扈和颐指气使的
主宰，真是赏心乐事——然而我却成了季娜伊达手中一块可以随意
变形的蜡块。其实对她一往情深的并非我一个人，所有拜访她家的
男人个个被她弄得神魂颠倒，而她则把他们牢牢地拴在自己的脚边。
有时在他们心里唤起希望，有时激得他们提心吊胆，随心所欲地将
他们戏弄得团团转，她就以此取乐（她把这称做"叫人家自相残
杀"），而他们居然不曾想到过要反抗，还心甘情愿地对她俯首帖
耳。在她整个人身上，在这个生气勃勃、婀娜多姿的人身上，掺和
了狡黠诡诈与无忧无虑、矫揉造作与质朴纯真、安详宁谧与热情奔放，
令人心驰神往。她做的每件事，说的每句话，一举手一投足，都洋
溢出细腻纤巧的魅力，显示出别具一格、万分活跃的力量。她的脸
部也在片刻不停地变化、活动，它可以几乎在同一时间里表现出冷
嘲热讽、若有所思和春心荡漾。形形色色的情感，轻盈飘逸、如多
风的晴日飘过的云影一般稍纵即逝的情感，有时会掠过她的双眸与
唇瓣。

　　每一个拜倒在石榴裙下的人她都需要。别洛符索罗夫有时被她

称作"我的野兽"，有时直截了当称作"我的"，却巴不得为她赴汤蹈火。他虽然对自己的智能和其他的长处心中没有把握，却还是一个劲儿地向她求婚，还暗示说别人说的话都是信口开河。对于她心灵的琴弦来说，马依达诺夫倒是心心相印的。像所有舞文弄墨的人一样，他是个冷淡无情的人物，但他却竭力要使她，或许也是使自己相信他对她是一往情深的，他用无休无止的诗句去讴歌她，怀着某种装腔作势、却又真心实意的激情为她朗诵诗句。她既同情他，又对他不无逗乐取笑。她不怎么相信他，在听够了他的肺腑之言后就叫他朗诵普希金的诗，照她的说法是为了净化空气。卢申这位喜欢冷嘲热讽、说话不知脸红的医生比谁都了解她——同时也比谁都爱她，虽然当面和背后常要骂她。她敬重他，可对他也毫不宽容，有时甚至怀着特有的幸灾乐祸的心理让他感觉到他也在她的掌握之中。"我是个弄情卖俏的女人，我不知好歹，我生性像个戏子，"有一次她当我的面对他说，"啊，这就是好人！既然这样，就把您的手伸给我，我在上面用大头针扎一下，您就会为这个年轻人而不好意思，您会觉得痛，尽管如此，您这位正直的好人先生，还是请面露笑容。"

卢申脸红了，别转头咬紧了嘴唇，但是最后还是伸过手去。她扎了他一下，而他也真的笑了……她在把大头针深深扎进去，并在看到他那双故意向旁边扫视的眼睛时也笑了……

我最难以理解的是季娜伊达和马列夫斯基伯爵之间的那种关系。他英俊、机灵、聪慧，然而他身上的某种疑虑重重、虚情假意的东西，连我这个十六岁的少年也觉察到了，而令我惊讶的是季娜伊达竟没有发觉。也许她倒是感觉到这种虚情假意，但并不觉得讨厌。不正规的教育、不正常的结交和习惯、母亲的寸步不离、贫困和居室的杂乱无章，总之这一切种种，从年轻姑娘所享有的自由和意识到自己对周围人们所占的优势开始，都在她身上助长了某种凡事都不大在乎的漫不经心的态度和不太挑剔苛求的性格。往往有这样的情况，无论发生什么事——伏尼法蒂进来报告食糖用完了，或者传出了某一件丑闻，或者客人们争吵起来——她都只摇摇那头鬈发，说道："小事一桩！"很少有叫她难受的事。

然而每当马列夫斯基走到她跟前，像狐狸一样狡猾地摇头摆尾，仪态优雅地靠在她的椅子背上，带着洋洋自得、媚态十足的笑容，开始凑近她耳朵窃窃私语时，她则交叉着两臂放在胸前，专注地瞧着他，自己也面带笑容，连连摇头，这时我便全身热血沸腾起来。

"您怎么这么喜欢接待马列夫斯基先生？"有一次我问她。

"因为他有这么漂亮的唇髭，"她答道，"而且这不关您的事。"

"您是认为我在爱他吧？"另一次她对我说，"不，我不可能

去爱那些我必须居高临下地看待的人。我需要的是能使我屈服的

人……可是我碰不到那样的人，上帝是仁慈的！我不会屈服于任何

人，绝不会！"

"也许您永远不会爱上哪个人。"

"就说您？难道我不爱您？"她说着用带着手套的指尖在我鼻

子上一碰。

不错，季娜伊达老拿我寻开心。三个星期里我和她每天见面，

她对我什么事没有干过！她不常来我们家，不过我对此并不惋惜，

在我们家里她成了千金小姐，公爵家的女儿，我见了她会不好意思。

我怕自己会在母亲面前露马脚，她对季娜伊达非常看不上眼，总是

不怀好意地注意着我们俩。对父亲我不怎么怕，他对我仿佛毫不在

意，也很少跟她说话，不过说起话来似乎特别睿智和意味深长。我

不再复习迎考、读书写字——我甚至不再在郊外散步、骑马。我犹

如一只拴在凳脚上的甲虫，总是围着可爱的侧屋转个不停，似乎想

永远留在那儿不走了……但这是不可能的。母亲常对我唠叨，季娜

伊达自己有时也要赶我走。这时我便将自己关进房里，或者走到花

园的边缘，爬上那座残存的高高的砖砌暖房的废墟，让两只脚从墙

上向下挂着，一坐就是几个小时。看呀，看呀，就是什么也没有看

进去。我附近沾满灰尘的荨麻上，一群白蝴蝶在懒洋洋地飞来飞去。

不远处的一块断掉一半的红砖上，一只活泼的麻雀气冲冲地唧唧直叫，不停地将整个身子调来转去，还张开了尾羽。尚未消除疑虑的乌鸦高高地停在白桦树光秃秃的树梢上，有时叫上几声，白桦稀疏的枝叶间透进阳光和风儿。顿河修道院按时送来报时的钟声，安宁而凄婉——而我，坐着，望着，听着，全身充满了某种无以名状的感受，在这种感受里什么都有：有哀愁，有欢乐，有对未来的向往，有期待，也有对生活的恐惧。然而由于在我内心里躁动不安的种种情绪，当时我对此丝毫不能领会，恐怕也不能尽道其详。或者，这一切我也许已经用一个人的名字——季娜伊达的名字道了出来。

而季娜伊达依然像猫捉老鼠一样玩弄我。有时她在我面前卖情弄俏，我被她搅得心旌摇荡，忘乎所以。有时她突然把我一把推开，我便不敢接近她，不敢看她一眼。

记得她曾一连几天对我很冷淡，我全然慌了神，就是胆战心惊地跑进侧屋去，也要千方百计待在公爵夫人老太太身边。尽管那几天正是她骂人骂得最凶、吆喝得也厉害——她那桩期票官司很不顺手，她已经向警察分局的局长作过两次说明。

一次我经过前已提到过的那个栅栏，见到了季娜伊达。她坐在草地上，用两手撑着，一动也不动。我曾想小心地离开，但是她猛地抬起头来，向我做了一个命令式的动作。我站在原地呆住了，一

开始我没有弄明白她的意思。她再次做这个动作向我示意，我立刻
跳过栅栏，欢天喜地地向她跑去。然而她又用目光示意我停下来，
并指着路上离她两步远的地方。我感到难堪，又不知怎么办才好，
就在路边跪了下来。她脸色异常苍白，身上每一根线条都流露出如
此痛苦的哀伤，如此深沉的疲惫，使我的心猛地抽紧了，我不由得
喃喃问道：

"您怎么啦？"

季娜伊达伸出一只手摘了一根小草，放在嘴里咬了咬，又把它
远远地扔了开去。

"您非常爱我？"她终于问道，"是吗？"

我一句话也没有回答——再说我干吗要回答呢？

"不错，"她重复说，依然那样望着我，"是这么回事，是那样
一双眼睛。"她加一句说，便陷入了沉思，用两手捂住了脸。"我对
什么都厌倦了，"她轻声说，"我还是走得远远地好，我受不了这些，
也对付不了……前面等待我的是什么！……唉，我心里难受啊……
老天，多难受啊！"

"为什么？"我怯生生地问。

季娜伊达没有回答我，只耸了耸肩。我继续跪着，非常忧伤地
望着她。她的每句话都深深地割着我的心。此时此刻，只要能叫她

不难过，我怕是连命都愿意豁出去的。我望着她，还是不明白她为什么心里难受，所以我便胡思乱想，想象一阵无法遏制的忧伤突然袭上她的心头，她就走进花园，于是像草被割倒一样，倒在了地上。周围一片晴朗，青葱欲滴；风儿在树叶间飒飒作响，有时摆动季娜伊达头顶上方马林果树长长的枝条。不知什么地方鸽子在咕咕鸣叫，蜜蜂在稀疏的草丛上往返飞舞，嗡嗡作响。上面是一抹赏心悦目的蓝天，而我却愁绪满怀。

"给我念首诗吧，"季娜伊达轻轻说，一面支着一只胳膊肘，"我喜欢听您朗诵诗。您会唱歌，但不怎么样，还显得稚嫩了一点。您给我念《格鲁吉亚的山岗》①吧，不过先坐下。"

我坐下来朗诵《格鲁吉亚的山岗》。

"'因为叫它不爱怎么可能'，"季娜伊达重复着这句诗，"诗歌美就美在它告诉我们的是并不存在的事物，那事物不仅比存在的东西更好，甚至更像真理……因为要它不爱怎么也不可能——尽管它希望，但是做不到！"她又闭上了嘴，猛然间她身子一振，站了起来。"咱们走。马依达诺夫在妈妈那儿坐着。他给我送来了他写的长诗，我却把他撂在了那儿。现在他同样很伤心……怎么办！您

---

① 指普希金 1829 年写的抒情诗《格鲁吉亚的山冈上夜色茫茫》。该诗末两行是：我的心又重新燃烧、爱恋，因为叫它不爱怎么可能。

往后会懂的……只不过请别生我的气！"

　　季娜伊达匆匆握了握我的手，就向前跑去。我们回到侧屋里。马依达诺夫开始朗诵刚刚出版的《凶杀犯》，但是我没有听。他拉长了声调大声朗诵自己的四音步抑扬格诗句，韵脚交替、铿锵有声，仿佛铃铛在辚辚作响，悠扬而响亮，而我还一直在看着季娜伊达，努力去理解她最后那几句话的意思。

　　或者，可能是一个暗中的对手

　　意外地将你征服？——

　　马依达诺夫突然用鼻音大声喊道——于是我和季娜伊达两人的眼睛相遇了。她垂下眼睑，轻轻地泛起了红晕。我见她脸红了，一惊之下冷静下来。我以前已经对他醋意在心，但是到此刻才在脑子里闪过她已经爱上他的念头："天哪，她爱上他了！"

10

　　我真正受煎熬的日子从那一刻开始。我绞尽脑汁，反复思量，苦思冥想，而且寸步不离地观察季娜伊达的动静，虽然尽可能隐蔽地进行。她内心发生了变化，这是显而易见的。她常一个人出去散步，而且散步得很久。有时她在客人面前不露面，守在自己房里一坐就是几个小时。以往见不到她有这种习惯。倏然之间我变得，或者是我似乎觉得我变得能洞察秋毫了。"莫非是他？或者说不定是他？"我问自己，同时惶惑不安地在心里对她的倾慕者一个个排队分析。我暗地里觉得马列夫斯基伯爵比别人更危险，虽然为了季娜伊达我不愿意承认这一点。

我的观察力达不到比自己鼻子更远的地方，再说我的隐蔽性也许瞒不过任何人。至少卢申医生不久就对我的深浅一清二楚了。不过最近他又变了，他瘦了，虽然照样笑声不断，但是那笑声不知怎么的有点儿低沉，缺乏善意，也较短促——一种情不自禁、神经质的激动易怒的情绪替代了先前那种轻松的嘲讽和故意放纵的厚颜无耻的态度。

"年轻人，您干吗老是往这儿钻？"一次他和我留在查谢金家客厅时，曾对我说。（当时公爵小姐散步未归，而公爵夫人大呼小叫的声音正在顶楼里发作——她在骂她的女仆。）"您应当学习，干正经事。趁您还年轻——可您在干什么？"

"您不可能知道我在家里干不干正经事。"我回答他说，语气间颇有点儿鄙夷不屑，不过也不无局促不安的心情。

"什么正经事！您脑子里想的不是这个。好，我们不争……在您这样的年纪这是常情。可是您的选择太不妥当了，难道您看不出这间屋子是什么样的一个地方吗？"

"我不懂您的话。"我说道。

"不懂？那对您就更坏。我认为有责任提醒您，我们这些人，这些老光棍，可以来这儿走动走动，我们还会怎么样？我们是久经风浪了，还怕什么！可您皮肉还嫩着呢，这里的空气对您有害——相信我吧，您会沾染上的。"

"怎么会这样？"

"正是这样。难道现在您是健康的？难道您处在正常状态？难道您感觉到的事对您有益处，是好东西？"

"可是我究竟感觉到了什么呀？"我说道，其实心里却承认医生的话说得不错。

"唉，年轻人呀年轻人，"医生继续说道，说话时露出这样的表情，似乎这几个字里隐含着某种使我大受委屈的东西，"您耍什么滑头来着！谢天谢地，好在您还处在心里想着什么就都摆在脸上的年纪。不过有什么好说的呢？假如（医生咬了咬牙）……假如我不是这么个古怪脾气，也许我也不来这儿了。只是有件事可真叫我纳闷，以您的聪明，您怎么就看不到自己周围发生的事？"

"到底发生了什么？"我接过话问，同时全身都紧张起来。

医生含着某种嘲弄、惋惜的目光看了看我。

"我还算是个好人，"他仿佛自言自语地说，"非常需要告诉您这个道理。总之，"他提高嗓门儿又说道，"我再对您说一遍：这里的气氛不适合您。您觉得在这里挺舒服，而且没有它还不行！温室里的香味挺叫人舒心，然而在那里人是不能生活的。喂！听我的话，继续捧起卡伊达诺夫的课本吧！"

公爵夫人走进屋来，开始向医生诉说牙齿痛。接着季娜伊达也到了。

"来得正好，"公爵夫人继续说，"医生先生，给我骂她几句。成天只知道喝加冰块的水，像她那样肺弱的人这样做对身体有好处吗？"

"您为什么要这样做？"卢申问。

"这样做会有什么结果？"

"什么结果？您会受凉、送命的。"

"真的？会这样吗？那又怎么样呢——人生必由之路嘛！"

"原来如此！"医生埋怨道。

公爵夫人离去。

"原来如此，"季娜伊达重复他的话，"难道活着就这么快活？

回头看看四周吧……怎么样——很好？或者您以为我不明白这一点，没有感觉到？喝带冰块的水给我带来快感，而您却正儿八经地规劝我说，犯不着为了瞬间的快感拿这样的生活去冒险——我已经不谈幸福两个字了。"

"说得好，"卢申说，"任性和独立不羁……这两个字眼已将您概括无余了，您的全部天性都包含在这两个字眼中间了。"

季娜伊达神经质地笑起来。

"您的消息不及时了，可爱的医生。您的观察力不高明，您过时了。戴上眼镜瞧瞧吧，现在我还顾不上任性——作弄您，作弄自己……还有比这更可乐的吗！至于独立不羁……伏尔台玛尔先生，"季娜伊达忽然补充说，并且跺了跺脚，"收起您这副郁郁不乐的尊容，我受不了别人对我的怜悯。"她迅即离开了。

"有害呀，对您有害呀，这里的气氛，年轻人！"卢申再次对我说。

11

当晚几位常客在查谢金家相聚，我也在其中。

话题转到马依达诺夫的长诗上，季娜伊达坦率地对它表示赞赏。

"可是您知道吗？"她对他说，"假如我是诗人，我取的情节就不是这样。也许这全然是胡说八道，可是我有时脑子里会想一些怪念头，尤其当我睡不着觉，到清晨以前，当天空开始变得绯红又白茫茫的时候。我可能，比如……你们不会笑我吧？"

"不，不！"我们大家异口同声大声说。

"我就设想，"她把双臂交叠在胸前，眼睛盯着旁边，继续说，"是整整一群年轻少女，夜间，在一条大船里，静静的河面上。月光皎洁，她们都身穿白衣，头戴白色花环，正在唱一首——告诉你们——类似赞歌那样的歌曲。"

"我懂，我懂，说下去。"马依达诺夫神色庄重又富有幻想地说。

"蓦然间——岸上出现喧闹声、笑声、火把、铃鼓……是一群酒神节祭神的女子唱着叫着跑过来。现在，诗人先生，描绘这幅景象是您的事了。我只希望火把是红的，冒着浓烟，祭神的女人们，花环下面的眼睛闪闪有光，而花环是深色的。别忘了还有老虎皮、酒碗，还有黄金，许多黄金。"

"黄金该放在什么地方呢？"马依达诺夫把一头扁平的发式往后一甩，两个鼻孔张得大大的，问道。

"什么地方？肩膀上、手上、脚上，到处都有。据说古代的妇女把金环套在脚踝上。祭酒神的女人们招呼少女们到自己身边去。少女们停止了唱着的赞歌——她们唱不下去了——但是纹丝不动，河水正把她们送到岸边。就在这时，忽然其中一位少女悄悄站起来……这情节应当好生描写一番：她怎么在月光下悄悄起立，又怎么使女伴们大吃一惊……她跨过船舷，祭神的女人们将她团团围住，趁着夜色向黑暗处疾奔而去……设想这时有一团团浓烟，什么也看不清楚。仅仅能听见她们的尖叫声，还有就是那少女的花环留在了岸边。"

季娜伊达闭上了嘴。（"哦！她坠入情网了！"我想道。）

"仅仅如此？"马依达诺夫问。

"仅仅如此。"她回答。

"这不可能用做我整首长诗的题材，"他郑重地指出，"不过我会利用您的构思写一首抒情诗。"

"浪漫主义风格的？"马列夫斯基问。

"当然，浪漫主义风格的，拜伦式的。"

"可是我以为雨果比拜伦好！"年轻的伯爵随便说道。

"雨果是第一流的作家，"马依达诺夫反对道，"我的朋友通科舍耶夫在他的西班牙小说《艾尔—特罗瓦多尔》^①里……"

"啊，就是那本问号倒写的书吗？"季娜伊达打断他的话说。

"不错，西班牙人习惯上这样写。我想说，通科舍耶夫……"

"得啦！你们又争起古典主义和浪漫主义了，"季娜伊达又一次打断他，"咱们还是玩……"

"打方特？"卢申接口说。

"不，打方特没意思，还是打比方。"（这种游戏是季娜伊达自己想出来的：报出一样东西，每个人都努力用另一样东西对它作比喻，谁举出的比喻好，就得奖。）

她走到窗前。太阳刚下山，天空高悬着长长的红色云彩。

"这些云像什么？"季娜伊达问。未等我们回答，她又说道："我认为像克雷奥巴特拉^②驶去迎接安东尼的金色船舰上的紫帆。马依达诺夫，记得吗，您不久前给我讲过这个故事？"

我们大家都像《哈姆雷特》里的波乐纽斯^③一样，一口咬定说云像紫帆，并且认为比这再好的比喻谁也找不出来。

————————

① 指1883年通科切耶夫的小说《艾尔—特洛瓦多尔，或以牙还牙，西班牙真人真事》。文中，马伊达诺夫把作家的姓念成了"通科舍耶夫"。
② 公元前69至前30年为埃及女王，是罗马政治家兼统帅安东尼之妻。
③ 在莎士比亚的悲剧《哈姆雷特》第三幕第二场，哈姆雷特说云像骆驼、像鼬鼠、像鲸鱼，波乐纽斯都同意了。

“当时安东尼几岁？”季娜伊达问。

“大概是个年轻人吧！”马列夫斯基说。

“不错，是年轻人。”马依达诺夫肯定地说。

“对不起，”卢申嚷起来，“他已经四十岁出头啦。”

“四十出头。”季娜伊达重复一遍，迅疾的目光向他瞥了一下。

不久我就告辞回家。“她堕入情网了，”我的双唇身不由己地轻声说道，“可是爱上了谁呢？”

12

日子一天天过去。季娜伊达变得越来越乖僻，越来越不可捉摸。一次，我走进她屋里，见她坐在一张草黄色的椅子上，头紧靠在桌子起棱的边上。她挺直身子……满脸泪痕。

“啊！是您！”她露出冷峻的笑容说，“过来。”

我走到她跟前，她把一只手放到我头上，突然抓起我的头发开始拧起来。

“好痛……”我终于出声了。

“啊！好痛！我就不痛吗？不痛吗？”她重复说。

“唉！”她看到拔起了我的一小绺头发后大声说，“我做了什么啦？可怜的伏尔台玛尔先生！"

她小心翼翼地理直了拔起的头发，绕在一根手指上，做成了一个小圈。

"我要把您的头发放进我项链上的肖像盒里，我要戴上它，"她说着，眼眶里还挂着亮晶晶的泪花，"这对您也许是个小小的安慰……现在，再见吧。"

我回到家里，又遇到了不快的事。母亲正在对父亲作解释：她对他有所责怪，他则一如往常，冷冷的、彬彬有礼的，却一言不发，不久就走了。我听不清母亲说了些什么，而且我也无心去听她。我只记得解释结束后她吩咐把我叫进她房里，对我经常拜访公爵夫人家大为不满，照她的说法公爵夫人是什么样的事都会做的女人①。我走近前去吻她的手（每当我想结束和她的谈话时我总是这样做的），接着就回自己房里去。季娜伊达的泪水使我如堕五里雾中。我全然不知该拿什么主意，而且我自己也真想哭一场——别看我长到了十六岁，毕竟还是个孩子。我已不再去想马列夫斯基，虽然别洛符索罗夫一天比一天虎视眈眈，像狼看羊一样盯着狡黠的伯爵。再说我什么东西什么人都不想。我茫然不知所措，一心想找一个能让我孤身独处的地方。我特别喜欢暖房的废墟。我常爬上高高的墙壁，

---

① 原文为法文。

坐下来，坐在那里完全成了个不幸、孤独和忧愁的少年，连我自己也不免顾影自怜起来——这种忧愁的心情使我感到如此快乐，如此陶醉！……

就这样，有一次，我正坐在颓墙上眺望远方，听着钟鸣……倏然之间有东西在我身上掠过，说风不是风，也不像是战栗，犹如微风在拂动，又如感觉到有人近在咫尺。我低头下望，下边路上，季娜伊达身穿轻盈的灰色连衣裙，肩头斜扛着一把玫瑰红的小伞，正在匆匆而行。她见到我，便停住了脚步，将草帽的帽檐儿向后一推，抬起那双温柔娇媚的眼睛来看我。

"您坐在那么高的地方干什么来着？"她脸上挂着某种奇异的笑容问我，"现在，"她接着说，"您还想让我相信您是爱我的——如果您当真爱我的话，就请跳下来，到我这边的路上来。"

没有等季娜伊达把这句话说完，我已经飞也似的跳下去，犹如有人从背后推了一把似的。墙有两沙绳①高。我双脚着地，但是落地时的力量太大，我没能站稳，身子倒在地上，一时失去了知觉。待我苏醒过来，虽然还没有睁开眼睛，却已感觉到季娜伊达在我身边。

"我亲爱的孩子，"她俯身向我说道，她的嗓音里流露出一腔

———————
① 俄国旧制长度单位，1 沙绳合 2.134 米。

焦灼不安的脉脉柔情，"你怎么能这样做呢？你怎么能听了我的话就做呢……要知道我是爱你的……起来吧。"

她的胸膛在我身边呼吸，她的手轻触我的头部，蓦然间——此时此刻我遇到了什么事啊！——她那柔软、新鲜的双唇开始用亲吻印遍我的脸庞……那嘴唇碰到了我的嘴唇……然而就在这时季娜伊达根据我脸部的表情大概猜测到我已经苏醒过来，虽然我的两眼尚未张开——她迅即稍稍站起一点儿说道：

"好啦，起来吧，淘气鬼！简直疯啦，您干吗躺在尘土里？"

我站了起来。

"把伞拿给我，"季娜伊达说，"看，我把它丢在那边啦，别这样看我……这有多蠢？您没摔坏吧？也许让荨麻给刺痛了？对您说，别老盯着我……"我什么也不明白，也不回一句话，她仿佛自言自语地又说道，"伏尔台玛尔先生，回家去吧，去洗一洗，可别再跟着我走——要不我会生气的，那就什么时候也别想再……"

她没说完话就麻利地走开了。我坐在路上……两只脚还站不起来。被荨麻刺伤的两手生疼，背部也有些酸痛，头还阵阵发晕。然而当时我经受到的巨大的幸福感，今生今世再也不会有第二次了。这种情感在我的四肢里留下甜蜜的疼痛，而最终化解为兴高采烈的欢呼与雀跃。毕竟我还是个孩子。

13

　　整整这一天我是如此欢乐与骄傲，我记忆里如此鲜明地保留着对季娜伊达亲吻我面颊的感受，我带着如此欣喜的战栗回味着她说的每句话，我如此珍惜这不期而至的幸福，甚至心里感到害怕，不想再见到她这位给我带来这些新感受的人。我仿佛觉得已经不可以再向命运要求什么了，现在最好"痛痛快快地吸上最后一口气，就马上死去"。然而当我第二天再去侧屋时，却浑身感到不自在。虽然，一个想让别人明白自己是善于保守机密的人，会相应地装出一副满不在乎的潇洒态度，但是我企图掩饰这种不自在的努力却毫无结果。季娜伊达平平常常地接待我，丝毫没有激动不安的样子，只是伸出一个指头向我警示，并问我跌伤处有没有乌青？我的潇洒自若和神秘心理顿时烟消云散，同时我的不自在情绪也无影无踪了。当然我并不期待非同寻常的事情发生，但是季娜伊达的冷静恰似一瓢冷水浇在我头上。我明白在她眼里我是个孩子，于是我心情变得非常沉重。季娜伊达在房间里来回踱步，每当她的目光触及我时，便匆匆一笑，然而她的心思却在远处，这一点我一眼就能看得清清楚楚……"为了彻底搞清原委，"我心里想道，"我得自己提起昨天那件事，问她那样急急匆匆上哪儿去……"但是我只挥了挥手，便坐到了一个角落里。

别洛符索罗夫进来了，我对他的来临感到高兴。

"我没有为您物色到一匹驯服的骑马，"他声音严肃地说，"弗列依塔格①向我保证能搞到一匹，但是我不大有把握。我担心……"

"您担心什么？"季娜伊达问，"能允许我问一句吗？"

"什么？您骑马可不是内行啊。可别出什么事！您脑子里怎么会突发奇想的？"

"这是我的事，我的野兽先生。既然这样我就去求彼得·瓦西里耶维奇……"（我父亲名叫彼得·瓦西里耶维奇。我诧异她如此轻松自如地提到他，仿佛她对于他的乐意为他效劳胸有成竹似的。）

"原来如此，"别洛符索罗夫问道，"您是想和他一起骑马？"

"和他还是和别人，这对您反正是一回事。只是不和您一起。"

"不和我一起！"别洛符索罗夫重复她的话说，"随您的便。我能怎么样呢？我给您搞一匹马来就是了。"

"不过得留神，可别弄一匹像牛一样的马来。我预先告诉您，我是打算骑着又蹦又跑的。"

"好吧，也许……那您和谁一起骑马呢，该不是和马列夫斯基

①19世纪30年代莫斯科著名的驯马师和练马场主人。

吧？”

　　“为什么就不能和他呢，当兵的？好啦，放心吧，”她又说，“也别瞪眼睛。我也会带您去。您知道马列夫斯基现在对我来说算什么——呸！”她摇了摇头。

　　“您说这句话是为了安慰我？”别洛符索罗夫说。

　　季娜伊达眯起了眼。

　　“这是安慰您吗？……哦……哦……哦……当兵的！”她终于说，似乎找不到别的字眼，“那么您，伏尔台玛尔先生，和我们一起骑马怎么样？”

　　“我不喜欢……稠人广众……”我吞吞吐吐地说，连眼皮也没有抬起来。

　　“您宁肯独自一个人？……好吧，自由属于自由的人，天堂……属于灵魂得救的人，”她叹口气说道，“别洛符索罗夫，走吧，去张罗去。我明天以前要搞到马匹。”

　　“对，可是哪来的钱呢？”公爵夫人插进话来。

　　季娜伊达皱起了眉头。

　　“我又不会向您来要钱，别洛符索罗夫相信我。”

　　“他相信你，他相信你……”公爵夫人唠唠叨叨说，突然她放大嗓子喊起来，“杜妮亚什卡！”

"妈妈，我送您一个小铃铛。"公爵小姐说。

"杜妮亚什卡！"老太太又喊道。

别洛符索罗夫鞠躬告辞，我和他一起告退。季娜伊达没有挽留我。

14

翌日清晨我早早地起了床，给自己削了根木棒后便向城外出发，说是去排遣排遣自己的痛苦。天气晴好，阳光明媚，而且不太热。欢快清新的晨风在上空游荡，它的喧哗与戏耍恰到好处，既吹得万物簌簌轻动，却又对什么也不惊扰。我在山上、林间久久踟蹰徘徊，我并不觉得自己幸福，出门离家的时候曾打算在愁绪中沉溺一番——然而青春晴朗的天气、新鲜的空气、迅步疾走的快意、如茵的碧草上孤身独卧的怡然自得占了上风。对那些难以忘怀的话语的回味，对那些亲吻的回忆，一齐涌上了心头。我乐滋滋地想季娜伊达毕竟不会不公正地对待我的果敢精神和英勇行为……"对她来说，别人比我强，"我想着，"就算这样吧！可是别人只会说将要怎么办，我却做了！不仅如此，我还能再为她做！……"我开始浮想联翩。我开始想象我如何将她从敌人手中拯救出来，我如何浑身鲜血淋漓将她从监狱里解救出来，又如何在她脚边死去。我想起了挂在我家客厅里的一幅画：带走玛蒂尔达的马列克—阿代尔①，于是马上开始想象有一只花色斑斓的大啄木鸟出现，那只鸟忙忙碌碌地沿一棵细细的桦树杆上升，惶惑不安地从树干后面向外左顾右盼，宛如一个琴师在大提琴的琴颈后面左摇右晃。接着我唱起了《白雪不白》，继而转入当时著名的一首情歌《我等着你，当快乐的微风吹起的时候》，然后我开始大声朗诵霍米亚科夫的悲剧里叶尔马克向星星的致辞②。我曾试图写点儿富有情感的东西，甚至想好了用以作为全诗结尾的诗句："哦，季娜伊达！哦，季娜伊达！"这一切当然都毫无结果。到了午饭时分，我向山下的谷地走去，一条窄小的沙土小径在谷地里逶迤而过，一直通向城里，我正在这条小径上走着，忽然，背后传来低沉的马蹄声。我回过头去，不由自主地停住了脚步，并摘下了鸭舌帽：我看见了我的父亲和季娜伊达。他们俩骑在马上并肩而行。父亲整个身子弯向她一边，一手靠在她的马颈上，正和她说着话。他脸上挂着笑容，季娜伊达神色严肃地垂下眼睑，紧闭双唇，默默地听着他。起先我只见到他们两个人，但是稍过不久，从谷地的拐角处出现了别洛符索罗夫，身穿带披肩的骠骑兵制

① 法国女作家玛丽·科登（1770—1807）的通俗小说《玛蒂尔达》（或名《十字军东征》）的主人公。

② 指俄国作家和诗人 A. C. 霍米亚科夫（1804-1860）所作的浪漫主义同名悲剧第五幕第三场中叶尔马克的独白。

服，骑一匹口吐白沫的黑马。善良的马脑袋不住地打转，打着响鼻，颠着四蹄。骑手一面勒住马头，一面又用马刺刺着它。我闪到了一边。这时，父亲提起马缰，离开了季娜伊达，季娜伊达随后也纵马驰去……别洛符索罗夫跟在他们后面追赶，军刀发出铿锵的碰击声。"他面孔红得像虾，"我想道，"而她……为什么脸色这么苍白？骑马走了一个上午，却会脸色发白？"

我也加紧步伐，在晚饭前赶回家里。父亲已经换过装，洗漱过，神清气爽，坐在母亲座椅的一旁，正用平稳洪亮的嗓音给她朗读《评论报》①上的一篇小品文，但是母亲却心不在焉地听着，见我进来便问我这一整天跑到哪儿去了，接着又说她不喜欢别人老是到天晓得的地方和天晓得的人一起乱跑。"可是我是一个人玩儿的。"我曾想这样回答，但是看了看父亲，不知为什么就闭口不说了。

15

此后五六天内我几乎不大与季娜伊达照面，按照侧屋常客们的说法，她称病谢客，但是这于他们照例来此做客，倒是无所影响。只有马依达诺夫除外，他一听说失去了兴高采烈的逗乐机会，顿时

---

① 原文为法文。

垂头丧气，觉得寂寞无聊了。别洛符索罗夫闷闷不乐地坐在一角，他扣上了全部纽扣，满脸通红。马列夫斯基伯爵的瘦脸上总是浮现着一丝不怀好意的微笑。他确确实实在季娜伊达面前失了宠，所以便特别卖力地去巴结公爵老夫人，陪她乘驿车去晋见总督。不过此行并不顺利，马列夫斯基甚至遇上了一件扫兴事：有人向他提起他与几个道路公务员之间发生的一起纠纷，在作出自己的解释时他不得不承认当时自己缺乏经验。

卢申每天大约来两趟，不过待的时间不长。自从最近同他做过一番解释以后，我有点儿怕他，同时又真心实意地对他怀有好感。一次他和我一起去无愁园散步，显得非常温厚与和蔼可亲，告诉我各种草类和花朵的名称与特性，突然他拍了拍前额大声叫起来，这个举动真可谓有点儿无缘无故："唉，我这个傻瓜蛋，竟认为她是个卖情弄俏的女人！乐滋滋地将自己作了牺牲——为了别人。"

"您这样说是想告诉我什么呢？"我问。

"对您我什么也不想说。"卢申生硬地回答说。

季娜伊达对我避而不见，我不能不发现，我的出现给她留下的印象并不愉快。她见到我就不由自主地要躲避我……不由自主地，我感到痛苦的正是这一点。也正是这一点使我伤心欲绝，然而毫无办法，于是我便竭力不在她面前露面，只在远处暗暗守候着她。但是这一点也总是难以做到。她身上似乎发生着某种令人难以捉摸的变化，她的容颜变成另一番模样，整个的像换了一个人，叫我惊讶。那是在一个温和宁静的傍晚，我坐在一大丛接骨木下一把低低的长椅上，我喜欢这个地方，因为从那里望得见季娜伊达房间的窗户。我坐着，我的上方，在黑魆魆的枝叶间，一只小鸟正忙忙碌碌地转来转去，一只灰猫挺直了腰背小心翼翼地蹑着脚溜进园来，初生的甲虫在已经变暗的空中沉闷地嗡嗡飞叫。我凝视着那窗口，期待着窗户会忽然打开。果然，窗开了，窗口出现了季娜伊达。她身穿一套白衣服——她本人，她的脸庞、双肩、两手都苍白得毫无血色。她久久呆立不动，从紧皱的双眉下向远处凝望。我从未见过她这样的眼神。接着她握紧双手，紧紧地贴到双唇上、前额上……猛然间她又松开十指，把头发撩到耳朵后面，又摇头抖了抖，像是怀着某种决心一样点了点头，砰的一声关上了窗户。

两三天后她在花园里遇见我。我想闪到一边去，但是她叫住了我。

"把您的手伸给我，"她以往常的亲切口吻说，"我好久没有和您聊天了。"

我望了她一眼，她的双眼闪烁出宁静的光彩，脸含微笑，仿佛隔着烟雾。

"您身体仍然不舒服吗？"我问她。

"不，现在都过去了，"她一面回答一面摘下一朵较小的玫瑰花，"我有点儿累，不过就是这也会过去的。"

"那您还会像以前一模一样吗？"我问。

季娜伊达将玫瑰凑近脸面——于是我仿佛觉得鲜艳的花瓣的反光落到了她的面颊上。

"难道我变了吗？"她问我。

"是的，变了。"我轻声回答。

"我曾对您很冷淡，这我知道，"季娜伊达开始说，"但是您不应当介意这一点……我不能不这样做……得啦，这有什么好说的！"

"您不希望我爱您——这就是实质所在！"我闷闷不乐地嚷道，不由得激动起来。

"不，您爱我吧——然而不是像以前那样。"

"究竟怎么样？"

"我们交朋友吧——就这样！"季娜伊达让我闻闻玫瑰，"听着，我年纪比您大得多——够做您的姨妈，真的，就算不是姨妈，算姐姐吧。而您……"

"我对您来说是个小婴孩儿。"我打断她的话说。

"不错，是小婴孩儿，不过是个可亲可爱、又好又聪明、我非常喜爱的孩子。您可知道？正是从今天起我提升您作为我的侍从。

您可别忘记，侍从是不能和自己的女主人分离的。这就是您新的头衔的特殊含义。"她一面把玫瑰插进我上衣的扣眼儿里，一面补充说，"这是赐予您恩惠的标志。"

"我已经得到过您另外的恩惠。"我喃喃地说。

"啊！"季娜伊达说道，同时从侧面望了望我，"您这个人的记性真是可以！也好！现在我打算……"

于是她向我俯下身子，在我额头印上一个纯洁无邪、安安静静的吻。

我只看了看她，她则转过身去说了句："跟我走，我的侍从。"于是朝侧屋走去。我跟着她走，但心里却感到莫名其妙。"难道，"我想，"这个温柔可爱、通情达理的窈窕淑女就是我曾经认识的季娜伊达吗？"我觉得她的步态更加安详了——她的整个身影更加雍容华贵，更加亭亭玉立了……

哦，我的天！我心中的爱情之火又以多么强大的力量重新炽烈地燃烧起来！

16

午后，客人们又在侧屋里会聚——公爵小姐出来见他们了。如同那令我难忘的第一个夜晚那样，全体人马都到齐了，一个也不缺：尼尔马茨基也挣扎着来了，马依达诺夫这次比谁都到得早——他带来了他的新诗作。又开始做方特游戏，不过不再有像先前那样不顾体统、胡闹嬉戏、闹闹嚷嚷的乖张举动——茨冈人式的成分已荡然无存。季娜伊达给我们的聚会加入了新的情趣，我以侍从身份坐在她身边。她顺便提出建议，要求出题的人讲一个自己的梦，但是这个建议并不成功。大家讲的梦要么索然无味（别洛符索罗夫梦见用鲫鱼喂马，马头是木头做的）；要么生搬硬套，是杜撰出来的东西。马依达诺夫给大家讲的故事比较完整：有墓穴、手拿七弦琴的天使、会说话的花朵、远方传来的声音等。但季娜伊达也没有让他讲完。

"既然已经到了编造的地步，"她说，"那就让每个人都讲个一定是杜撰出来的故事吧！"

轮到第一个讲的又是别洛符索罗夫。

年轻的骠骑兵犯愁了。

"我可什么也杜撰不出来！"他嚷道。

"那有什么了不起！"季娜伊达接他的话说，"您设想一下，比如您已经结婚，您就告诉我们您打算怎么和您妻子共度光阴。您想将她锁在屋里吗？"

"我想将她锁起来。"

"您自己愿和她坐在一起吗？"

"我一定会陪她一起坐。"

"好极了。那么假如她对您厌倦了，她背叛了您呢？"

"我会杀了她。"

"假如她逃跑了呢？"

"我会把她追回来，并且仍然会杀了她。"

"是这样。那么，假设我是您的妻子，这时您将怎么办呢？"

别洛符索罗夫沉默了。

"我会杀了自己……"

季娜伊达笑了起来。

"我看得出来，您这个人好对付。"

第二个轮到的是季娜伊达。她抬眼望着天花板，沉思起来。

"是这样，大家听着，"她终于开始了，"我想出来的故事是这样的……你们想象有座金碧辉煌的宫殿，一个夏夜，一个美不胜收的舞会。举办这个舞会的人是一位年轻的女王。到处是黄金、大理石、水晶、丝绸、火焰、宝石、鲜花和香烟，总之，能想得出来的豪华的东西都有了。"

"您喜欢豪华吗？"卢申打断她的话。

"豪华是美，"她回答说，"我喜欢一切美的东西。"

"比最美的东西还要喜欢吗？"他问。

"这句话好狡猾，我不明白。别打岔。总之，是个豪华的舞会。嘉宾如云，个个都年轻、漂亮、英气勃勃，个个都对女王爱得神魂颠倒。"

"宾客里面没有女宾吗？"马列夫斯基问。

"没有——哦，请等一等——有。"

"而且不漂亮？"

"美得叫人着迷。但是个个男人都爱上了女王。她高挑个儿，身材苗条，黑头发上有一个小小的黄金头饰。"

我看了看季娜伊达——在这一瞬间，我觉得她远比我们大家高大，从她白皙的前额到凝聚不动的双眉都洋溢出如此辉煌的智慧和控制万物的力量，使我心里想道："你自己不就是这个女王吗！"

"大家聚在她周围。"季娜伊达继续说。

"大家都用尽所有阿谀奉承的言辞来讨好她。"

"她喜欢奉承吗？"卢申说。

"真讨厌！老是打断别人说话……谁不爱听好话？"

"还有一个，最后一个问题，"马列夫斯基说，"女王有丈夫吗？"

"这一点我想也没想过。不，干吗要有丈夫？"

"当然，"马列夫斯基接口说，"干吗要有丈夫呢？"

"安静！①"马依达诺夫嚷道，他的法语说得很差。

"谢谢，②"季娜依达对他说，"就这样，女王听大家说话，听音乐，但是对任何一位宾客都不看一眼。从上到下，从天花板到地板，六扇窗户洞开。窗外是闪着大星星的漆黑天空和栽满大树的黑魆魆的花园。树附近是一个喷泉，水柱在黑暗中泛着白光，长长的，长长的，好像一个幽灵。透过人声和音乐，女王听得见轻轻的水溅声。她望着，心里想道：先生们，你们大家都高尚、聪明、富有，你们围着我，把我的每句话视为至宝，人人都愿意在我脚边死去，你们在我的掌握之中……可是那边，喷泉旁边，在那欢腾跳跃的水边，一个人站着，等着我，他是我所爱的，我在他的掌握之中。他身上既没有华贵的服饰，也没有宝石，谁也不认识他，然而他却在等待我，并且确信我会到来——我真的会到来，而且当我想到他那里去，想和他待在一起，和他一同在花园的暗处、在树叶沙沙的声响和喷泉水溅声的掩护下幽会时，没有一种权力能够制止我……"

季娜伊达停住不说了。

"这是臆想吗？"马列夫斯基狡狯地问。

季娜伊达连看也没有看他一眼。

①原文为法文。
②原文为法文。

　　"先生们，咱们会怎么行动呢，"卢申突然说，"假如咱们都身在宾客之列，而且知道这位喷泉旁边的幸运者的情况的话？"

　　"等一等，等一等，"季娜伊达插话说，"让我自己告诉你们每个人该怎么办。您，别洛符索罗夫，向他挑起决斗。您，马依达诺夫，可以给他写一首题铭诗……不过，不，您不会写题铭诗，您还是像巴比埃那样写一首长长的抑扬格诗①给他，并且在《电讯》②杂志上发表。您，尼尔马茨基，向他借……不，您还是向他放债取利息。您，医生……"到这儿她止住不说了，"就是您该怎么办我可不知道了。"

　　"按照御医的身份，"卢申回答说，"既然女王无暇顾及来宾，我想建议女王取消舞会……"

　　"也许您是对的。那么您呢，伯爵？……"

　　"我？"马列夫斯基含着一丝不怀好意的笑容重复说。

　　"您会给他送去一块下了毒的糖。"

　　马列夫斯基的脸轻轻地扭动起来，一时间露出一副犹太人似的表情，不过立刻就大笑起来。

　　"至于您，伏尔台玛尔……"季娜伊达继续说，"不过，够了，

----

　　① 指法国浪漫主义诗人居斯塔·巴比埃（1805—1882）的诗集《抑扬格诗集》（1831）。

　　② 指1825—1834年间刊行的自由主义倾向的期刊《莫斯科电讯》。

让咱们玩别的游戏吧。"

"伏尔台玛尔先生，作为女王的侍从，该在她向花园奔去的时候提起她的长裙。"马列夫斯基刻毒地说。

我的脸刷的一下红了起来，但是季娜伊达敏锐地把一只手放在我肩膀上，稍稍站起身子，用微颤的嗓音说道：

"我从来就没有给予过伯爵大人粗鲁无礼说话的权利，因此请您离开此地。"她向他指了指门口。

"请原谅，公爵小姐！"马列夫斯基脸色煞白，嗫嗫地说。

"公爵小姐说得对。"别洛符索罗夫也站起来大声说。

"我，说真的，怎么也没有想到，"马列夫斯基接着说，"我的话里头，似乎没有那样的……我压根儿脑子里想也没有想过要侮辱您……原谅我吧。"

季娜伊达用冷漠的眼光回头望了他一下，轻轻地发出一声冷笑。

"也许是这样，那就请留下吧！"她做出一个随随便便的手势说，"我和伏尔台玛尔先生真犯不着生气。您以恶语伤人为乐事……那就请便吧。"

"请原谅我！"马列夫斯基再次说，而我在回想季娜伊达的动作时却想道，真正的女王怕不会比她更加盛气凌人地向出言不逊者手指房门的。

　　这个场面过后，方特游戏持续了没有多久。大家都感到有点儿不自在，与其说是由于这个场面本身，倒不如说是由于另一种不十分清楚，却令人觉得沉重的感觉。谁也不提那种感觉，然而每个人都意识到它存在于自己和邻座的心里。马依达诺夫给我们朗诵他的诗——马列夫斯基以最大的热情给他捧场。"他现在多么想装出一副好心肠呵！"卢申对我耳语说。不久我们就分手了。季娜伊达忽然沉思起来。公爵夫人差人来说她头正痛着。尼尔马茨基开始诉说自己的风湿病……

　　我久久不能入睡，季娜伊达的故事令我惊异。

　　"故事里莫非隐含着暗示？"我自问道，"可是她暗示谁？暗示什么？如果确实有某种暗示……那怎么办？不，不，不可能。"我转身将头从一侧热辣辣的脸颊枕到另一侧脸颊上，轻声自语着。然后我想起了季娜伊达讲故事时的表情，想起了在无愁园卢申的大声呼喊，季娜伊达对我态度的骤然改变——我在东猜西想中茫然失措了。"他是谁？"这三个字犹如画在黑暗中一般，伫立不动地出现在我面前，仿佛有一朵不祥的阴云低垂在我的头顶——我已经感受到它的压迫——我正在等待它訇然压将下来。近来对查谢金家的许多事我已习以为常，许多事已见多不怪。他们家里的杂乱无章，脂油做的蜡烛头，折坏的刀叉，脸色阴沉的伏尼法蒂，衣衫褴褛的女仆，公爵夫人本人的举止风度——这一切奇怪生活已不再令我惊讶……
但是对于今天我模模糊糊地感受到的东西，我还习惯不了……"风
流女子。"一次我母亲这样说她。风流女子竟会是她，我的偶像，
我崇拜的对象！这样的称谓刺痛了我，我用睡觉来努力避免再听到
这个字眼，并为她愤愤不平。何况只要能成为喷泉旁边的那位幸运儿，
究竟什么事我不能同意，什么东西我不能奉献呢！……

　　我心中热血沸腾起来。"花园……喷泉……"我想道，"我得到
花园里去才是。"我利索地穿上衣服，溜出屋去。暗夜沉沉，树叶
微微作响，静静的寒气自天而降，从菜园里飘来阵阵土茴香的气息。
我走遍了所有的林荫道，轻细的脚步声使我既不安又兴奋。我停下
脚步等着，听自己心脏的跳动——跳得又响又快。终于我走到了栅
栏前，靠在一根细杆子上。蓦地——也许是我的幻觉？——离我几
步远的地方闪过一个女人的身影……我努力向黑暗处凝视，我屏住
了呼吸。这是什么？我听到了脚步声？或者这还是我自己的心跳？
"谁在这儿？"我用几乎听不见的声音悄悄说。这又是什么？是强忍
住的笑声？……还是树叶沙沙的轻响……还是耳边的嘘唏叹息？我
感到害怕……"是谁在这里？"我又一次说，声音压得更低了。

　　片刻之后，空气开始流动起来，天空闪过一道火红色的光带，
是一颗流星的滚动。"季娜伊达？"我想问，但是话到嘴边又刹住了。

骤然间，就如通常在夜深人静的时候那样，周围一切都变得寂然无声……连蠡斯也不再在树丛里唧唧鸣叫，只听到某处传来闷沉沉的一声关窗的声音。我站了一会儿，又站了一会儿，便回到自己房间，走到已经变凉的床前。我感到一阵奇异的激动，宛如我去赴过约会了，但是只剩我孤零零的一个人，而且从别人的幸福旁边走过。

17

第二天我见到了季娜伊达，但只是一晃而过，她和公爵夫人正乘马车到某一个地方去。不过我见到了卢申，他只勉强招呼了我一下。也见到了马列夫斯基。年轻的伯爵咧开嘴露了露笑容，友好地和我说起话来。所有拜访侧屋的客人中，只有他会转到我们家来，而且取得我母亲的好感。父亲对他则不屑一顾，对待他的态度简直带有侮辱性。

"啊，侍从先生，"马列夫斯基开始说，"见到您非常高兴。您那美丽的女王怎么样？"

他那经过充分睡眠而显得生气勃勃、漂亮的脸蛋此时此刻使我反感透了——他瞧我的眼光是那么鄙夷和猥亵，所以我压根儿不理睬他。

"您还在生气？"他继续说，"毫无必要。您的侍从的头衔不是我叫出来的，而作为侍从对女王更应当常随左右。请允许我向您指出，您没有好生履行自己的职责。"

"这怎么说？"

"侍从和自己的女主人应当形影不离，侍从应当知道一切，知道主子在干什么，应当注视主子的一举一动，"说到这里他压低了声音补充了一句，"不分昼夜。"

"您想说什么？"

"我想说什么？我好像已经表达得一清二楚了。不分昼夜。白天还勉强凑合得过去，白天又光明，人又多，可是夜间呀——恰恰得等待灾星降临。我建议您每到夜间就别睡觉，去观察动静，竭尽全力去观察动静。请记住——在花园里，夜间，喷泉边——正是这些地方需要去守候。您将会对我说声谢谢。"

马列夫斯基笑起来，背朝我转过身去。也许他对我说的话并没有什么特定的含义。他被公认为一个故弄玄虚的好手，在假面舞会上以擅长戏弄他人而著称，而那几乎渗透他全身的不经意的虚情假意则对此举大有裨益。他不过是想逗逗我，但是他说的每一个字却像毒汁一样流经了我的全身。血液冲上了我的脑门。"哦！原来如此！"我自言自语道，"好！看来我不是无缘无故才去花园的！这样的事可不会经常发生！"虽然我实际上并不知道什么事，我却大声嚷了一句，还用拳头捶了一下自己的胸脯。"光顾花园的是马列夫斯基本人吗？"我暗想（也许他说漏了嘴——这样的恶作剧他是干得出来的），"还是另有其人？（我家花园的栅栏是很低的，可以毫不费力地爬过去。）不过那人要是让我撞见，他不会有好下场！我可没有叫任何人在那里和我见面！我会向全世界，还有她这个叛徒（我终于把她称为叛徒了）证明，我是会报复的！"

我回到自己房间，从书桌抽屉里拿出不久前才买的一把英国小刀，摸了摸锋刃，便蹙紧眉头，怀着冷峻、专注的果敢心理将刀放进口袋，似乎这样的事在我早已司空见惯，不是首次。我怀着仇恨，情绪激昂，心如铁石，直到夜间我都没有展过眉头，也没有松开过嘴唇。我不时地来回踱步，手插在衣袋里紧握着温热的小刀，预先准备着去干一件可怕的事情。这种前所未有的新感受使我觉得有趣、快乐，所以关于季娜伊达本人我反而很少去想了。我眼前隐隐约约出现各种幻影：阿乐哥，这个年轻的茨冈人——"年轻的美人，你去哪儿？——躺下……"然后是："你浑身是血！……哦，你干了什么？……"——"没有什么！"[1]我脸上挂着何等残忍的笑容重复着这句话："没有什么！"父亲不在家。母亲一段时间来一直不声不响、

---

[1]　都是普希金1824年写的长诗《茨冈人》中的诗句，"阿乐哥"为诗里男主人公的名字。

怒气冲冲，不过她却注意到了我那愁眉苦脸的样子，吃晚饭时对我说："你干吗老撅着嘴？"我只是平静地冷冷一笑向她表示回答，心里却在想："要是他们知道！"时钟敲响十一下。我回到自己房里，但没有脱衣，我在等待午夜的来临，终于敲响了午夜的钟声。"时间到了！"我从牙缝里默默挤出这几个字，然后把纽扣一直扣到领口，甚至挽起了袖子，向花园走去。

我已事先选定了守候的地点。在花园尽头，分隔我家和查谢金家范围的栅栏靠在公墙上的地方，长着一棵孤零零的云杉。站在云杉低垂稠密的枝叶下面，不管夜有多么黑，都能清楚地看到四周发生的事。这里有一条弯弯曲曲的小道，我总觉得它神秘莫测。小道像蛇一般从栅栏下蜿蜒而过，直通耸立在密密层层的合欢树间的一个圆圆的亭子，栅栏的这一处留有爬越的印痕。我来到云杉树边，依在树干上，开始守候。

夜，如同昨夜一样寂然无声，但是天空阴云却不多，所以灌木丛的树影，甚至长在高处的花影，更加清晰可辨。等候的最初时刻令人焦灼，几乎可怕。我已决计应付一切，我只一门心思地考虑自己如何采取行动。是大喝一声："哪儿去？站住！放明白点儿，要不死路一条！"还是直接一刀捅过去？……每一个声音、每一声窸窸窣窣和树叶的响动，我都觉得事关重大，非同寻常……我严阵以待……我向前猫起了腰……然而过了半个小时，又过了一个小时，我的热血开始平静并冷却下来，认为自己在做一件无聊的事情，认为我有点儿可笑，认为不过是马列夫斯基在调笑我。这样的意识开始潜入我的心中。我离开自己埋伏的地方，走遍了整个花园。仿佛有意似的，哪儿也没有丝毫声息，万物都安息了，连我家的狗也在篱笆门边缩成一团酣然入梦了。我爬上暖房的废墟，看到了展现在眼前的远处的田野，想起了与季娜伊达的邂逅，于是陷入了沉思……

我愣了一下……听到吱嘎一声开门的声音，然后是枯枝折断的轻细声响。我一下从废墟上跳下来，停在原地呆住了。花园里分明传来迅捷、轻细然而小心翼翼的脚步声。脚步声渐渐向我逼近。"就是他……终于他来了！"我心里马上想到。我哆哆嗦嗦地从口袋里掏出刀子，哆哆嗦嗦地将它打开，眼里冒出一颗颗红色的火星，由于恐惧和仇恨，头上的毛发都颤动起来……脚步声是直接向我这面来的——我弓起身子，迎上前去……出现一个人影……我的天！是我父亲！

我当即认出了他，尽管他浑身裹在一件深色的风衣里，宽檐儿帽低低地遮住了脸孔。他踮起脚从我身边走过。他没有发现我，尽管我毫无遮拦，不过我深深地弯着腰，紧缩成一团，几乎要够着地了。醋意十足、准备杀人的奥赛罗突然变成了一个中学生……父亲的突然出现太使我惊愕了，所以一开始我竟然没有发现他从哪里走来，又在哪里失去踪影。这时我才挺直身子想着："父亲为什么夜间要在花园里走？"——想到这一点时，四周已经复归寂静。我吓得把刀子掉进了草丛，但是没有去找它，我心里感到十分羞耻。我一下子清醒过来。我已经在回家的路上，但是我走到我那张位于接骨木树下的长椅前，望了一眼季娜伊达卧室的小窗。小小的一块块稍有点儿外凸的窗玻璃，在夜空的微光下泛出暗淡的蓝色。蓦然间——玻璃的颜色变了……玻璃后面——这一点我看见了，看得清清楚楚——小心翼翼，轻轻地放下了白茫茫的窗帘，一直下到窗台——然后就定住不动了。

"这是怎么回事？"当我重新来到自己房里时，几乎是情不自禁地出声说道，"是梦，偶然性，或者……"倏然间进入我脑海的设想是如此新鲜与奇怪，使我甚至不敢想下去。

18

早晨起床时我感到头痛。昨夜的激情已经无影无踪。它已被沉重的困惑和某种前所未有的忧伤所替代，仿佛我心中的某种信念正在消亡。

"您干吗看起来像头被掏出了半边脑子的兔子？"卢申见到我时对我说。

早餐时我偷偷地一会儿望望父亲，一会儿望望母亲。他像往常一样，平心静气；她也像往常一样，暗暗生气。我等待着，看父亲会不会像他有时对待我的那样，开口和我说话……然而他连平日冷淡的爱抚也没有给我。"把这一切都告诉季娜伊达？……"我想道，"反正我和她之间的关系完了。"我便去她家里，但是不仅一句话也没有告诉她，连同她说话的机会也没有——尽管我非常想同她说话。公爵夫人的儿子从彼得堡来度假，他是中等军官学校的学生，大约十二岁。季娜伊达马上委托我来陪她的弟弟。

"现在向您，"她说道，"亲爱的伏洛佳（这是她第一次这样称呼我），介绍一个伙伴，他也叫伏洛佳，请和他好好相处，他还怕生，不过心地挺好。陪他看看无愁园，和他在那儿玩玩，照顾着他点儿。您会这样做的，是吗？您的心肠也那么好！"

她亲切地把一双手放在我的两肩，我便没了主意。这个小男孩的来临使我也变成了一个男孩。我一声不响地望着军官学校的学生，他也默然无语地盯着我看。季娜伊达开怀大笑，把我们两个人往对方彼此一推。

"拥抱一下吧，孩子们！"

我们拥抱了。

"我带您去花园里走走，好吗？"我问军官学校学生。

"请吧。"他回答我的嗓音是沙哑的，纯粹军官学校学生式的。

季娜伊达又大笑起来……我发现她的脸上从来没有过这么迷人的光彩。我和军官学校学生便出发了。我家花园里有一副挂了多年的秋千，我把他放到小木板上坐定，就帮他荡起来。他身穿一套饰有宽宽的金色绦带、用厚呢制作的新制服，坐着一动也不动，两手紧紧抓住绳子。

"您把领口解开吧。"我对他说。

"不要紧，先生，我们习惯了，先生。"他说道，咳了一声。

他酷似自己的姐姐，一双眼睛尤其相像。为他效劳我感到舒心，与此同时揪心的忧伤却在暗暗地啮噬我的心。"如今我真的成了一个小孩了，"我想着，"而昨天……"我想起了昨天夜间我失落小刀的地方，找到了它。军官学校学生向我要去小刀，摘了一根圆叶当归的粗茎，把它削成一个吹管，吹了起来。奥赛罗也吹了起来。

然而晚上，正是这个奥赛罗，当季娜伊达在花园的一角找到他，问他为什么那么伤心时，他在她手上哭得有多厉害。我泪如泉涌，使她大吃一惊。

"您怎么啦？怎么啦，伏洛佳？"她接连说道，当看到我一句话也不答，止不住地哭泣时，她曾想来亲吻我湿润的面颊。

然而我转过了身子，透过哭声轻轻说道：

"我全知道了，您干吗玩弄我？……您需要我的爱情干什么？"

"我对您不起，伏洛佳……"季娜伊达说，"唉，我的过错太大了……"她又说道，用力握紧了两手，"我心里有多少不道德、阴暗和罪过的东西……不过现在我并不是在玩弄您，我爱您——您竟然不怀疑为什么和怎么样……可是您究竟知道了什么事？"

我能告诉她什么呢？她站在我面前，望着我——而我，从头到脚整个人都属于她，只要她望着我……一刻钟以后我和军官学校学生，和季娜伊达已经在你追我赶地奔跑嬉戏了。我没有哭，我在笑，虽然肿胀的眼皮下面笑得挤出了眼泪。我的颈上系着季娜伊达的带子，把它当成领带，当我抓住了她的腰肢时高兴得大叫起来。她和我做了她愿意做的一切。

19

假如有人一定要我详细讲述自从那次失败的夜间探险以来一个星期内我的情况，我会十分难堪。这是一段奇怪的、躁动不安的时间，是一种混乱不堪的状态。在这种状态下，各种截然相反的感情、思绪、怀疑、希望、欢乐和痛苦，似旋风一般转个不停；如果一个十六岁的男孩儿已经能够反省自己的话，我却不敢，我不敢了解任何事情。我只是匆匆地度完傍晚前的白昼，而夜间我便进入梦乡……孩子般的缺乏深思熟虑的习性此时对我大有裨益。我不想知道别人是否爱我，也不愿意向自己承认别人不爱我——对父亲我避而不见，但是对季娜伊达我却无法回避……在她面前我如火烧一般难受……然而这团使我燃烧、使我融化的火究竟是什么东西，我有什么必要去了解呢——能甜甜美美地燃烧、融化，对我来说是一种幸运。我沉浸在这些感受中间，自己对自己耍滑头，避开一切回忆，对预感到今后要发生的事闭眼不看……这种醉生梦死的状态大概不会延续多久……雷鸣电击般的打击一下子会中止这一切并将我抛入一条新的轨道。

一次在午前经过相当长时间的散步回到家时，我惊奇地得知我将一个人用餐。父亲出门去了，母亲身体不好，不想吃，把自己关在了卧室里。从仆人们的表情我猜测发生了什么不寻常的事……向他们去打听我又不敢，不过我有一个朋友，掌管伙食的年轻人费利浦，他对诗歌喜欢得不得了，又是个吉他手，于是我便去找他。从他那里得知父亲和母亲大吵了一场（在女仆房里每句话都听得一清二楚，许多话都是用法语讲的，但是女仆玛莎在巴黎来的女裁缝那里住了五年，所以都听得懂）。母亲责备父亲行为不端，责备他去结交邻家的小姐，父亲起先为自己辩白，后来气急了，反过来说了一句很伤人的话，"好像是关于她的年纪"，为此母亲哭了起来。母亲还提到了存款单的事，似乎是给了老公爵夫人的，而且对她的评价极差，对小姐也一样，于是父亲向她发出了威胁。

"由于一封匿名信，"费利浦接着说，"不幸的事就都发生啦，可是谁写的，却不知道，要不这些事怎么会败露呢，什么原因也没有。"

"难道真的发生过什么事？"我吃力地说，与此同时我的手脚变得冰凉，胸口深处有什么东西开始发抖。

费利浦意味深长地眨了眨眼。

"发生过，这样的事是包不住的。虽然您爸爸已经够小心，但是他应当，比如说，雇一辆马车，或者在那里……没有人帮助也是不行的。"

我打发了费利浦，便倒在了床上。我没有大哭一场，也没有陷入绝望，我没有问自己这一切是在什么时候，又是如何发生的，我不感到奇怪，怎么以前就猜不出来呢？——我甚至没有怨我的父亲……对于我知道的那件事，我是无能为力的，这突如其来的新的发现将我摧毁了……一切都结束了。我所有的花朵被一下子拔了起来，被撒得满地，备受践踏蹂躏，狼藉在我的四周。

20

　　第二天母亲扬言要回城去。早晨父亲走进她的卧室，和她单独坐了很久。谁也没有听见他对她说了些什么，不过母亲已经不再哭泣，她平静下来，已要求进食，但是不露面，也不改变自己的决定。我记得我徘徊了一整天，不过花园里没有跨进过一步，也没有向侧屋望过一眼。可是到晚上我却目击了一个惊人的场面——我父亲挽着马列夫斯基伯爵的手出来，带他经过大厅来到前厅，当着仆人的面冷冰冰地对他说："几天以前有人向大人指点一间屋子的一扇门，现在我不打算和您一起进去作解释，但是我有幸奉告您，如果您再光临寒舍的话，我就要将您从窗口扔出去。我不喜欢您的笔迹。"伯爵弯着腰，咬着牙，蜷缩着身子消失了。

　　我们开始收拾行李准备搬回城去。在阿尔巴特街那里，我们有一幢房子。想必父亲自己也不愿意再在别墅待下去。但是他显然已经恳求过母亲不要再闹事。一切进行得静悄悄，不慌不忙，母亲甚至吩咐人去向公爵夫人致意并向她表示遗憾，由于身体不适不能在行前到她家拜望。我游来荡去像个呆子一样，心里只希望这一切尽快了结。脑子里有一个念头总是摆脱不了：她这样一个妙龄少女——而且终究还是一位公爵小姐——怎么会下决心走这一步？她明知我父亲是有家室牵累的人，而且明知自己有可能嫁给，比如说，就是别洛符索罗夫吧。她到底指望什么？她怎么不怕断送自己的前程？对了，我心里想，这就是爱情，这就是情欲，这就是忠贞不贰……于是我想起卢申说过的话：甜甜蜜蜜地为别人牺牲自己。有一次我有机会看见侧屋一扇窗户里的白糊糊的影子……"难道是季娜伊达的倩影？"我想道……一点儿不假，是她的面容。我忍不住了。我不能不对她最后说一声别了就与她分手。我找到了一个方便的时刻，便往侧屋走去。

在客厅里公爵夫人见到我时还是像她惯常那样不拘礼仪、随随便便地打招呼。

"什么事啊，老弟，这么早就惊动您啦？"她一面把鼻烟塞到两个鼻孔里，一面说。

我看了看她，心便宽了下来。费利浦说过的"存款单"这个字眼曾使我很难受。她什么也没有怀疑……至少我是这样感觉的。季娜伊达从隔壁房里出来，她身穿一件黑连衣裙，脸色苍白，披散着头发，她无声地拉起我的手，带我跟她走。

"我听见了您的声音，"她开始说，"马上就出来了。您就这么轻轻松松地撇下我们走了，黑心的孩子？"

"我是来向您辞行的，公爵小姐，"我回答说，"看来再也见不到您了。也许您已经听说我们要走了。"

季娜伊达专注地看了我一会儿。

"是的,我听说了。感谢您来看我。我已经想过见不到您了。请别在回想起我来的时候把我想的那么坏。有时我是折磨过您,但是毕竟我还没有您想象得那么坏。"

她转过身去,靠在窗户上。

"是的,我不是那样的。我知道您对我的看法不好。"

"我?"

"是,您……您。"

"我?"我再次伤心地说,我的心依然在一种不可抗拒、难以言状的力量的驱使下颤抖起来。"我?季娜伊达·亚历山大罗芙娜,请相信,不管您做了什么事,不管您曾经怎么折磨我,我将爱您,崇拜您,直至我生命的终结。"

她迅速转过身来,张大她的两臂,抱住我的头部,紧紧地、热烈地吻了我。天知道谁曾经是这长久的、诀别的亲吻所找寻的对象,然而我却贪婪地品味着它的快意与甜蜜。我知道这样的吻再也不会有第二次了。

"别了,别了!"我连连说。

她挣脱开去,走了。我也离别而去。我无法形容我离去时所怀的情感。我大概不会期望这种情感在今后会再现，但是如果我从来也没有领略过这种情感，我恐怕会认为自己是个不幸的人。

我们迁回了城里。我未能很快摆脱已经过去的那件事情，也不能很快就着手要做的事。我的创伤开始慢慢愈合。不过说实在的，我丝毫没有怨恨父亲的感情。相反，在我眼里，他似乎变得更高大了……这种矛盾现象只能让心理学家随他们所了解的情况去解释了。一次我在林荫路上散步，碰见了卢申，这使我说不出地高兴。我喜欢他直率、不伪善的性格，而且就他在我心里唤起的记忆而言，他对我是很珍贵的。我向他扑了过去。

"啊哈！"他说着皱起了眉头，"原来是您，年轻人！让我瞧瞧。您脸色还有点儿黄，不过看上去已经没有当初那种糟糕样子了。看起来像个人了，不像一头家养的小狗啦。这就好。嗯，您怎么样？在干什么事吧？"

我叹了口气。我不愿意说谎话，却又不好意思说实话。

"好啦，没关系，"卢申接着说，"别害怕。重要的是要正常地生活，不沉溺于卿卿我我。否则有什么好处？不管波浪把你打到什么地方，都不会有好结果。人即使站在石头上，也还是要用自己的腿站着。我还老咳嗽……哦，别洛符索罗夫——您听到过他的消息吗？"

"怎么回事？没听说过。"

"他音讯全无，看不见了。听说去高加索了。这对您是个教训，年轻人。问题的本质全在于人们不善于及时挥手作别，将网撕破。看来您已经顺利地跳了出来。注意，可别再掉进去。再见吧。"

"我不会再掉进去……"我想，"我再也见不着她了。"然而我注定要再一次见到季娜伊达。

21

我父亲每天要骑马外出。他有一匹了不起的掺有杂色的红棕色英国马，长长细细的脖子，长长的四腿，不知疲乏，性子暴烈。这马叫艾列克特里克。除了父亲谁也甭想骑上去。有一次他向我走来，心情正好，这种情况好久没有过了。他打算出门去，连马刺也戴上了。我开始请求他带我一起走。

"咱们还是玩跳背游戏吧，"父亲回答我说，"否则你那匹矮脚马怎么赶得上呢？"

"赶得上，我也戴上了马刺。"

"那好，走吧。"

我们出发了。我骑的是匹公马，毛色乌黑，鬃毛修长，腿力强劲，跑得相当快。当然，如果艾列克特里克全速奔跑，它要拼命跑才能跟上，可是我毕竟没有落后。我没有见过像我父亲那样的骑手。他骑在马上是那么英俊、潇洒自如，似乎连他的坐骑也感觉到了这一点，并为他而洋洋自得。我们走过了所有的林荫路，到了处女原，跳越了几个栅栏（起先我不敢跳，但是父亲看不起胆小的人，所以我就不再害怕了）。我们从莫斯科河上走过了两次，所以我已经在想，我们该走回家去，而且父亲也发现我的马累了。不料他离开我拐到了与克里木浅滩相反的方向，沿河径直纵马而去。我紧紧跟上。赶到堆放得高高的一堆旧原木前面时，他轻快地从艾列克特里克背上跳下，吩咐我也下马，然后把马缰交给我，要我就在这堆原木边等他一会儿，他自己则拐进一条小胡同不见了。我开始在河岸上来回踱步，手里牵着马。艾列克特里克一面走着，一面不时地将脑袋摇来晃去，有时浑身哆嗦着，打着响鼻，发出嘶鸣，到我停下不走时，它又用蹄子轮流刨着土，尖叫着去咬我那匹马的脖子。总而言之，它的行动活像一匹娇惯了的纯种马 ①。父亲没有回来。从河上飘来令人不快的湿气，一阵小雨悄悄袭来，给我在一旁徘徊的那堆使我极其厌恶的、灰暗的原木染上小小的深色斑点。寂寞愁苦的情绪袭上我的心头，而父亲却还没有回来。一个芬兰人岗警，头

---

① 原文为法文。

戴一顶像瓦罐一般的硕大的旧高筒制帽，手持一柄长钺，向我走近前来（其实在莫斯科河岸上要岗警干什么！）。他那张老太婆样、皱皱巴巴的脸向着我，对我说："少爷，您在这儿牵着马干什么？让我来牵吧。"

我没有理睬他。他向我讨烟抽。为了摆脱开他的纠缠（而且不耐烦的心情正在折磨我），我向父亲离去的方向走了几步，接着走完整条胡同，直到转过拐角才停了下来。在离我约四十步的地方，一幢小木屋敞开的窗前，父亲背朝我站在那里，小木屋里坐着一个身穿深色衣服的妇女，虽然她的一半身体被窗帘遮住了，但还是可以看出，这个女人就是季娜伊达，她正在和父亲交谈。

我呆住了。老实说这一着我怎么也没有料到。我的第一个行动就是逃跑。"要是父亲回过头来，"我想道，"我就完了……"然而一种奇怪的情感，比好奇心更为强烈的情感，甚至比醋意更为强烈、比恐惧更为强烈的情感，使我停了下来。我开始窥测他们的动静，努力谛听他们的话语。父亲似乎对某件事坚持不肯改变，季娜伊达则表示反对。我发现她的脸是凄楚、严肃、美丽的，含有难以言传的忠贞、忧郁、爱恋和某种绝望的表情——我举不出别的词来。她说的话都只是单个的字，也不抬起眼皮来，只是挂着一丝笑容——恭顺而固执。光凭这一丝笑容我便能认出我昔日的季娜伊达来。父亲耸耸肩，整整头上的帽子——这是他一向表示不耐烦的标志……接着我听到这样一句话："您应当和这……分手。"① 季娜伊达挺直身子，伸出手去……突然我眼前发生了一件令人难以置信的事：父亲猛地举起掸礼服用的鞭子，接着便听到在裸露的手臂上啪地猛抽一下的声音。我好不容易忍住没有喊出声来，季娜伊达则抖了一下，默默地看了看我父亲，缓缓地将手举到自己唇边，亲了亲手上开始变红的伤痕。父亲将鞭子丢在一边，急匆匆地跑上门廊的台阶，冲进屋去……季娜伊达回过身去，伸出双手，把头向后一仰，也离开了窗口。

　　一惊之下我呆住了，我心里怀着莫名的恐惧，开始向后跑，跑完整条胡同后，差点儿放过艾列克特里克，我才回到了河边。我什么也猜测不出来。我知道我这位冷静而善于克制的父亲有时会突然爆发出某种疯狂的情绪，但是我仍然怎么也搞不清楚我所见到的究竟是怎么回事……不过我当时就感觉到，不论我能活多久，要我忘却季娜伊达的这个动作，她的目光、笑容，是永远也做不到的，她的形象，这个新的、突然出现在我面前的形象，永远地印在了我的记忆里。我茫然地望着河水，不知不觉淌下了泪水。她在挨打，我想着，挨打……挨打……

　　"喂，你怎么啦？把马给我！"响起了我父亲的声音。

————————————
　　① 原文为法文。

我木然地将马缰交给他。他跳上艾列克特里克的脊背……受惊的马前蹄凌空而立，向前一纵跳出约一丈半远……但是父亲很快就制服了它，用马刺刺了它的两肋，又用拳头打了一下它的颈部……"唉，鞭子没有了！"他说道。

我想起了那根鞭子刚才发出的呼啸声，身子不由一颤。

"你把鞭子放哪儿啦？"过了不久我问父亲。

父亲没有搭理我，径自往前奔去，我赶上了他。我想，我非要看到他的脸不可。

"我不在你感到冷清吗？"他从牙缝里挤出话来。

"有点儿。你把鞭子掉哪儿啦？"我又问他。

父亲迅速瞥了我一眼。

"我把它扔了。"他说。

他沉思起来，低下了头……这时我才第一次，也几乎是最后一次看见他那严峻的面容竟能表现出几多温情和惋惜。

他又纵马而去，而且我已追赶不上。我比他晚一刻钟回到家。

"这就叫爱情！"夜间我坐在书桌前又对自己说，这时书桌上已开始有练习本和书籍。"这就叫情欲！……按理说怎么能不发火呢，不管挨了谁的打，怎么受得了呢！……何况是挨了最亲爱的人的打！不过看起来，如果你爱上了他，是能够忍受的……而我呢……

我想象……"

最近一个月我老了许多——我心里另有一种难以揣测、使我惶惑不安和无以名状的情绪。这种情绪仿佛一张美丽而威严的面孔，你在半暗不明中竭力想看清它，却做不到……我觉得在这样一种情绪面前，我的爱情，曾使我满怀激情和痛苦的爱情，似乎都不过是一种渺小、幼稚和不足挂齿的东西……就在这天夜里，我做了一个奇怪而可怕的梦。我梦见自己向一个低矮昏暗的房间里走去……父亲手执鞭子站着，跺着双脚，季娜伊达蜷缩在角落里，不是她手上，而是在她额头，有一条殷红的鞭痕……在他们俩的后面，浑身鲜血淋漓的别洛符索罗夫正在站起来，张开毫无血色的嘴唇，怒不可遏地向父亲发出威胁。

两个月后我进了大学，半年以后，我父亲在带母亲和我刚迁到彼得堡以后不久，就在那里与世长辞（由于中风）。死前几天，他收到一封莫斯科的来信，这封信曾使他激动不已……他曾到母亲那里求她一件事，据说他，我的父亲，居然怆然涕下！就在他中风那天早上，他曾提笔给我写了一封法文信。"我的儿子，"他写道，"你应当惧怕女人的爱情，惧怕这样的幸福，这样的有毒的东西……"在他死后，母亲往莫斯科寄了相当可观的一笔钱。

22

过了大约四年。我刚大学毕业，还不太清楚自己该从哪里起步，走向社会，只能暂时赋闲在家。一天晚上，我在剧院里与马依达诺夫不期而遇。他已经结婚并且已在供职谋生，但是我看不出他有什么变化。他依然会无缘无故地激动兴奋，依然会突如其来地垂头丧气。

"您知道吗，"他对我说，"顺便告诉您，多尔斯基夫人在这里。"

"哪一位多尔斯基夫人？"

"您怎么忘了？从前的查谢金娜公爵小姐，我们大家都曾爱上了她，您也一样。记得吗，在别墅，无愁园附近？"

"她嫁给多尔斯基啦？"

"不错。"

"那么她在这儿，剧院里？"

"不，在彼得堡，这几天她来到这里，准备出国。"

"她丈夫是何许样人？"我问。

"一个挺不错的年轻人，有财产，是我在莫斯科时的同事。您知道，出了那件事以后……想必这件事您该是知道得一清二楚的……（马依达诺夫意味深长地莞尔一笑）她要给自己找个对象还不容易……凭她的机智什么事都是可能做到的。去看看她，她见着您会很高兴的。她变得更漂亮了。"

马依达诺夫给了我季娜伊达的地址——台姆特饭店。对旧事的回忆在我心里蠕动起来……我向自己许愿明天就去拜访我昔日的"情人"，然而偏巧遇上一些别的事情无法分身。过了一个星期，又过了一个星期，当我终于去往台姆特饭店询问多尔斯基夫人时，方才得知，四天以前她因难产猝然而死了。

我心里仿佛被什么东西推了一把。我想到我本来是能见到她的，却没有见到她，而且永远也见不到她了——这个痛苦的念头与强烈的、无可抗辩的自责心情，钻进了我的脑海。"她死了！"我木然地望着看门人重复说，于是静静地走到街上，漫无目的地走了。全部往事一下子浮上脑际，出现在我眼前。这个年轻、热烈、灿烂的生命原来就这样地结束了，她急急忙忙、激动不安地向往追求的原来是这样一个目标！我思索着这个问题，想象着那个亲切的面容，那双明眸，那鬈发——就在一个拥挤的箱子里，在潮湿黑暗的地下——就在离苟活着的我不远的地方，也许就离我父亲几步之遥……我努力调动自己的想象力，一直这么想着，想着：

我从无动于衷的嘴里听到死讯，

我无动于衷地将它倾听——①

我心里响起这两行诗句。哦，青春啊！青春！什么事都和你毫不相干。你似乎拥有宇宙间一切宝藏，连忧愁对你也是慰藉，哀伤于你也恰到好处。你自信自负，目空一切，你说：只有我一个能活下去——走着瞧！而在你自己身边，岁月却在流逝，在无影无踪、难以胜数地消失，而且你心中的一切都在消失，犹如阳光下的蜡块，犹如积雪……或许你魅力的全部奥秘不在于有可能做到一切，而在于有可能认为你做得到一切——恰恰在于你趁势释放了你不会用于做任何别的事情的力量，在于我们每个人都认真地认为自己是个浪费时间的人，都认真地认为他有权说："哦，假如我不白白地失去时间，我会做出什么样的事来！"

当我只用叹息、只用心酸的感受刚刚送走昙花一现的我初恋的幻影时，这就是我……我所寄予的希望，就是我的期待，就是我所预见的丰富多彩的前景？

而我的全部希望里又有什么已经实现了呢？如今，当我的生命已经开始蒙上黄昏的阴影时，除了对于那转瞬即逝的早晨的春雷的回忆，我还剩下什么比这更清新、更珍贵的东西呢？

——————
① 普希金1862年的抒情诗《在自己祖国的蓝天下》中的诗句。

　　然而我自谗自谤是没有用的。即使在当时，在那轻浮的年轻时代，对于呼唤我的凄凉的声音，对于从坟墓那一边传到我耳际的庄严的声音，我没有置若罔闻。记得在得知季娜伊达死讯那天后又过了几天，出于我自己不可抗拒的强烈愿望，我到场替一个和我们住在同一幢房屋里的贫苦老妇人送了终。她盖着破衣烂衫，躺在硬板上，头底下枕着一只袋子，艰难、沉重地离开了人间。她在与每日每时的贫困的痛苦斗争中度过了一生。她没有看见过欢乐，也没有品尝过甜蜜的幸福——按理说，她怎么能不为死亡、为自由、为安宁而高兴呢！然而只要她那奄奄一息的躯体还在顽强挣扎，只要她的胸脯还在搁在上面的那只冰凉的手下面起伏，只要她还没有失去最后的一丝力气，老妇人还在划十字，还在轻声喃喃而语："上帝，请饶恕我的罪过吧。"只有当意识闪过最后一个火花的时候，对死亡惊恐与惧怕的表情才从她眼里消失。我记得，站在这个干瘦可怜的老妇人身边时，我开始为季娜伊达感到害怕，我开始想为她、为父亲——也为自己祈祷。

阿　霞

1

　　那时候我二十五岁光景（HH 开始叙述），你们都知道，那是早已过去许多年的事了。我刚挣脱家里的束缚，就去国离乡到了海外，这倒不是像当时流行的说法那样，为了"修完我的学业"，我不过潜意识地想看看人间世界。我身健体壮，正当年少，愉快潇洒，也不愁缺钱少用，而且还用不着操什么心——我毫无后顾之忧，想干什么就干什么，总而言之，正在兴旺时期。我当时压根儿想都没有想过，人不同于植物，是不可能青春永驻、长荣不衰的。青春年华正在品尝镀金的蜜饼，还以为这本是天经地义、必不可少的东西。然而终于会有那么一天你要为一块小小的面包而苦苦奔波乞求。不过说这些干吗呢，没必要。

　　我漫游四方，毫无目的，也无计划。只要喜欢，我就会随处驻足，小作逗留，一旦我觉得想要见识见识新的面孔——就是人，我就立刻启程赶路。唯有人才使人感兴趣。我讨厌那些令人好奇的文

105

物古迹，精致美妙的收藏品。旅途上临时雇来的导游总是那副千人一面的神气，使我孤寂无聊，引起我的反感。德累斯顿的"格留恩·盖沃尔贝"①几乎令我精神失常。尽管大自然对我产生巨大的影响，但是我却不喜欢所谓的湖光山色、奇峰异岭、悬崖峭壁和急流飞瀑，更不愿让观赏自然风光成为一个累赘，妨碍我的自由。不过面孔，活泼生动的人的面孔——人们的音容笑貌、言谈举止，这才是我须臾不可或缺的东西。在稠人广众之中，我总是觉得轻松愉快。别人往哪儿走，我也跟着去，别人高声大叫，我也跟着喊，这样我才高兴，同时我还喜欢看别人叫喊的样子。观察别人使我感到其乐无穷……其实我简直不是在观察，而是怀着欢欣万分和不知餍足的好奇心在仔细地审视。看，我又扯得离题了。

就这样，大约二十年前，我在莱茵河左岸的一座德国小城 3 城住过一段时间。我正要找个地方单独清静清静：我刚被一个在矿泉区认识的年轻寡妇刺伤了心。她十分漂亮，绝顶聪明，逢人就卖弄风情——对我这个孽种也不例外。起初她甚至使我信心十足，后来却残忍地伤害了我，撇下我去跟一个面色绯红的巴伐利亚中尉相好。不过话要说回来，我心头的伤痕并不太深，但是我觉得有必要让自

---

① 系德文 Grun Gewolbe 的俄文译音，意为"绿色拱廊"。德累斯顿历史上曾为萨克森王国首都，此指王室城堡内一套珠宝制品的名称。

己有段时间沉浸在忧伤和孤寂之中——对青年人来说什么事不能消愁解闷呢！就这样我在З城住了下来。

我喜欢上了这座小城，因为它坐落在两座高高的小山的脚下，有颓败的城墙和钟楼，还有几百年的椴树，一座跨在莱茵河清澈的支流上的陡桥，更重要的是因为此地有一种上好的葡萄酒。傍晚，当太阳一下山（故事发生在六月），便有容貌姣好、头发浅淡的德国女子沿窄小的街道信步溜达，遇见外国人就用动听的嗓音说上一句："晚上好！"① 其中有些人甚至到月亮在古老房舍尖尖的屋顶后面升起，铺砌街面的小石块在静止的月光下历历可数的时候，还迟迟不肯离去。这种时候我爱在城里溜达，月亮仿佛从明净的天空凝视着小城，而小城也仿佛感觉到了这目光，显出心领神会、宁谧安详的样子，让自己沐浴在月光里，沐浴在宁静平和、同时又叫人心里暗暗激动的月光里。高高的哥特式钟楼顶上的金鸡雕塑闪耀出淡淡的金光，河里黑魆魆的水流也泛起同样金光闪闪的粼粼波光。石板屋顶下一个个窄小的窗户里昏暗地燃着细细的蜡烛（德国人是精于持家的！），葡萄藤从石头围墙后面神秘地伸出蜷曲的蔓须。三角形空地上一口老式井台边的阴影里有东西一掠而过，蓦然间巡夜的更夫吹起一声睡意蒙眬的口哨。温顺的狗发出低声的抱怨，空气不停地抚摸

_____
① 原文为德文。

着人的面颊，椴树散发出强烈的香味，使人不由自主地一阵深似一阵地呼吸，于是一声"葛丽卿"①——既不像赞叹，又不像发问，就脱口而出了。

3 城距莱茵河两俄里地。我常去观赏这条气势不凡的河流，久久地坐在一棵孤零零的大桦树下的一张石椅上，对那个狡猾的寡妇神思遐想，不免心潮起伏。透过桦树的枝叶，一尊小小的圣母雕像忧郁地露出，圣母的脸面几乎是孩童般的，胸口有一颗被几把剑刺穿的红心。河对岸有一座城市 Л，比我住的那座城略大一点儿。有一天晚上，我坐在心爱的椅子上，时而看着河水，时而仰望天空，时而眺望葡萄园。我的面前，搁着一条拖上了岸的小船，上了油的船肚子向天翻着，一群浅色头发的男孩子攀住了船的两边向上爬着。河里的船只张着微鼓的风帆静静地驶去。碧绿的水浪，轻轻地掀动，呜咽着从船边滑过。突然，一阵乐声传到我的耳边，我便侧耳谛听起来。Л 城里正在奏华尔兹舞曲，大提琴时断时续地响着，小提琴隐隐约约，鸣声幽咽，长笛吹得正欢。

"这是在干什么？"我问一位向我走来的老人，他身着一件波里斯绒布背心，脚穿一双蓝色长统袜和带环扣的低帮鞋。

"这呀，"他在回答我之前先将烟斗的咬嘴从一边的嘴角换到

---

① 歌德的诗剧《浮士德》中爱上浮士德的女人。

另一边，"是 Б 城的大学生来这儿参加可梅尔施①。"

"那我倒不妨去见识见识这个可梅尔施，"我思忖着，"再说我还没到过 Л 城呢。"我找来摆渡的船夫，便动身去对岸。

2

也许不是随便哪个人都知道可梅尔施是怎么个样子的。这是同一乡里或团体(同乡会②)的大学生团聚的一种别具一格的隆重酒会。几乎所有参加酒会的人都穿着早已约定俗成的德国学生装：匈牙利骠骑兵服、大靴子和带有一定颜色帽圈儿的小帽子。通常在正餐开始前学生们在一位先生——即会长的主持下汇集起来,于是宴饮达旦,又喝又唱。唱《国民之父》③,唱《让我们乐吧》④,抽烟,咒骂凡夫俗子,有时他们还雇佣乐队。

在 Л 城一家挂有太阳招牌的不太大的旅馆前面、一座园门向街的花园里,举行的正是这样的一个酒会。旅馆和花园的上方扬着旗帜,大学生们在一棵棵修剪过的椴树下傍桌而坐,一张桌子下面

---

① 原文为德文。
② 德语 Kommers 的俄语音译,系学生团体的酒会。
③ 原文为德文。《国民之父》系古老的德国歌曲。
④ 原文为拉丁文。《让我们乐吧》系一首古老的拉丁语学生歌曲。

躺着一条大巴儿狗；旁边，一座爬满常青藤的亭子里，乐师们在卖力地奏乐，不时喝几口啤酒提提神。街上，花园矮墙的前面会聚了许许多多人，Л 城善良的市民们不愿意错过一睹外乡来客的机会。我也混进了看热闹的人群，望着这些大学生的面容我感到高兴。他们的拥抱、欢呼，青年人纯真无邪的亲昵，热情的目光，无端的笑声——人世间最美好的笑声。所有这一切年轻、新鲜、融融乐乐的欢腾场面，这一往无前——不问前方何处，只求奋勇向前——的激情，这温厚善良的潇洒风度，使我深受感动，激得我心里痒痒的。"我是否也加入到他们中间去？"我对自己说……

"阿霞，你看够了吗？"突然，我背后传来一个男子用俄语说话的声音。

"再等一会儿。"另一个声音，一个女子的声音用同一种语言回答说。

我迅速回过头去……我的目光落在一个漂亮的年轻人身上，他戴一顶鸭舌帽，穿一件宽松的短上衣，一手挽着一个个头不高的少女。那少女戴一顶宽檐草帽，脸面的上半部都叫帽檐儿给遮了。

"你们是俄罗斯人？"我情不自禁地脱口问道。

年轻男子莞尔一笑，说道："不错，是俄罗斯人。"

"我怎么也没想到……在这么偏僻的地方……"我刚开始说。

"我们也没有想到，"他打断我的话，"那有什么关系呢？不是
更好吗？请允许我自我介绍——我叫加京，这位就是我的……"他
犹豫了一下，"我的妹妹。请问您的大名？"

我报了自己的名字，我们便聊了起来。我得知加京也和我一样，
为了消遣而出来旅行，一个星期前来到 Л 城，就耽搁了下来。说实话，
我可不喜欢在国外结交俄国人。根据他们走路的样子、衣服的式样，
主要的还是根据他们的面部表情，即使老远我也能一眼认出他们。
他们这种自满自得、傲视一切、经常颐指气使的神情突然之间会变
换成一副谨慎、胆怯的表情……一个人一眨眼就浑身警觉起来，眼
睛惶惑不安地扫来扫去……"天哪！我可别说错了什么，他们该不
是在嘲笑我吧！"这匆匆扫过的目光仿佛这样在说……过了一袋烟
的工夫——又恢复了那副不可一世的嘴脸，有时又变成一副迟钝困
惑的样子。所以，我避免和俄国人打交道，然而加京却让我一见
如故。世界上有这样一些幸福的面容，谁见了都乐意，这些面容仿
佛给你以温暖，给你以爱抚。加京所具有的正是这样的一副面容：
亲切、和蔼，长着一对温和的大眼睛，一头柔和的鬈发。他一张口
说话，即使看不见他的脸，单凭那嗓音也会感觉到他在微笑。

被他称为自己妹妹的少女，我一眼看去就觉得非常漂亮。她那

张略显黝黑的圆脸上，长着一个细巧的鼻子、几乎稚气未脱的面颊和一双水灵灵的黑眼睛，那张脸的气质里蕴藏着某种她自己特有的东西。她体态优雅，但似乎尚未充分发育。她长得一点不像她的哥哥。

"您愿意顺便去我们住处吗？"加京对我说，"我觉得德国人咱们已经看够了。要是换上咱们的人呐，恐怕玻璃也给打破了，椅子也给折断了，可这些人啊，实在太文气了。你看怎么样，阿霞，咱们回家好吗？"

少女肯定地点了点头。

"我们住在城外，"加京继续说，"葡萄园里，一所孤零零的小屋子里，在山上。我们那儿美极了，去看看吧。房东太太答应给我们做酸奶。现在眼看天要黑下来，您可以乘着月色去渡莱茵河。"

我们就出发了。经过低矮的城门（小城四周是一座卵石铺砌的古老城墙，连女墙上的射孔也还没有完全崩塌），便来到城外的田野。沿一道石砌围墙走过一百来步，我们就在一扇窄窄的篱门跟前停住了脚步。加京打开篱门，领我们沿一条陡峻的小道走上山去。路的两旁，一层层台地上长着葡萄。太阳刚下山，淡淡的红光还残留在绿色的藤蔓上、高高的支架上、铺满大大小小石板的干燥的土地上、小屋的白墙上。这间有黑色斜梁和四扇明亮小窗的小屋，就坐落在我们攀登的这座小山的巅顶。

　　"这就是我们的住处！"我们刚走到小屋跟前，加京就大声地说，"看，房东太太拿牛奶来了。太太，晚上好！①……咱们马上开饭。不过，"他补充说，"您先四面看看……景色怎么样？"

　　景色确实美极了。莱茵河横在我们面前，夹在翠绿的两岸之间，浑身披满银鳞。河上有一处铺着一道残阳，殷红似火，金光闪闪。傍岸而筑的小城将自己的屋宇和街道和盘托出。山峦和田野连绵不绝，美不胜收。山下固然风景如画，山上则更见佳妙。尤其叫我惊异的是天空竟那么清洁明净、深邃无底，空气也竟那么闪闪有光、清澈透明。新鲜、轻盈的空气在静静地轻摇曼曳，荡起阵阵波浪，似乎它也觉得在高空更加逍遥自在。

　　"你们拣了个好住所。"我说。

　　"是阿霞找到的。"加京回答道，"来，阿霞，"他继续说，"你来吩咐吧。让把饭菜都端到这儿来，晚饭咱们在露天吃。这里听音乐更清楚些。您有没有发觉这一点，"他转过来向着我补充说，"有时候华尔兹舞曲近听起来怎么也不对劲——声音既庸俗又粗鲁，可是远听起来，好得出奇！所有富有浪漫色彩的琴弦就这样在您心里轻轻地颤动。"

　　阿霞（她的本名是安娜，但是既然加京叫她阿霞，那就请允许

────────
① 原文为德文。

我也这样称呼她吧）——阿霞于是走进屋去，不久就和房东太太一起走了出来。她们俩一起抬着一个大托盘，上面有一罐牛奶、盘子、匙子、糖、浆果和面包。我们就了座，开始用餐。阿霞摘去了帽子，她那一头黑色的秀发修剪和梳理得像个男孩，大绺大绺的鬈发披到颈项和耳边。刚见到我时她很腼腆，但是加京对她说："阿霞，够了，干吗缩头缩脑的！他不咬人。"

她露出了笑容，不久便主动和我说起话来。我从来没有见过比她更好动的人，一刻也不知安宁，老是站起来跑进屋去，又跑回来，轻声哼着歌曲，常常笑着，笑的样子又挺怪——她笑，似乎不是因为听到了什么话，而是因为钻进脑子里的各种念头。她那双大眼睛看人的时候直截了当、炯炯有神、毫无惧色，然而她的眼睑有时会轻轻地眯起来，这时目光会一下子变得既深邃又温柔。

我们闲谈了两个多小时。白昼早已消歇，就是傍晚也在悄悄地融化，起先晚霞似火，布满天空；继而晴空如洗，遍地红光；接着逐渐苍白暗淡，化成茫茫夜色。然而我们的闲聊依然在延续，犹如周围的空气一样地平和、温馨。加京吩咐端上一瓶葡萄酒，我们悠闲自得地品味着。音乐依然飘入我们的耳际，令人更觉甜美、温柔。城里和河岸上都上了灯。阿霞突然低下头去，这样鬈发便垂下来遮住了她的双眼，她不再说话，叹了口气。后来她对我们说想睡觉，便进屋去了。可是我却看见她久久地伫立在没有洞开的窗前，也没有点燃灯烛。终于一轮明月升空，开始将月华洒遍整条莱茵河。万物照亮了，变暗了，改变了，就是我们那有棱角的玻璃杯里的酒也闪耀出神奇的光彩。风儿仿佛垂下了两翼，变小了，止息了。地面上散发出夜间芬芳馥郁的暖气。

"我该走了！"我大声说，"要不，怕找不到渡工了。"

"该走了。"加京也这样说。

我们沿小道下山去。忽然，后面滚来几颗石子——是阿霞追赶我们来了。

"你怎么没睡？"哥哥问她，她却一句话也不搭理，从我们身旁跑了过去。

旅馆花园里，学生们点的最后几盏行将燃尽的灯火从下面照亮了树叶，使这些树叶平添了一种喜庆和奇幻的景象。我们在河边找到了阿霞，她正在跟船夫交谈。我跳进小船，便和新结识的朋友们道别。加京答应明天去看我。我握过他的手，又把手伸给阿霞，可是她只看了我一眼，摇了摇头。小船离了岸，沿急湍的水流驶去。船夫是个精神爽朗的老头，用力地把桨划入漆黑的水中。

"您驶进了月亮的光柱，您将它搅碎了！"阿霞大声向我喊道。

我垂眼望去，小船四周荡漾着黑魆魆的波浪。

"再见！"再一次传来她的声音。

"明天见！"加京接着她说。

船靠岸了。我跨出小船，回头望了一眼。对岸已看不见一个人影。月亮的光柱依然如一条金桥横跨整个河身。古老的拉奈尔①华尔兹舞曲的乐音仿佛也涌来向我道别。加京的话没错——我觉得我的每一根心弦都已颤动起来，去应答这令人神往的乐音。我穿过夜幕下的田野往回走，舒缓地呼吸着芬芳的空气，回到房里的时候浑身软绵绵的，在漫无目标、漫无止境的期待中，心里充满了陶然忘我的甜蜜。我感到幸福……然而为什么我是幸福的呢？我什么也不想要，我什么也没有想……我是幸福的。

由于过分愉悦、轻快的心情，我忍不住想笑，我一头钻进了被窝，刚要合眼，忽然脑海里闪出一个念头：整个晚上我竟然一次也没有去想念那位冷美人……"这说明了什么呢？"我扪心自问，"莫非我坠入了情网？"然而刚向自己提出这个问题，我似乎立刻进入了梦乡，就如婴儿在摇篮里一般。

---

① 拉奈尔（1801 — 1843），奥地利作曲家，维也纳华尔兹舞（一种新式舞蹈）的创始人。

3

翌日清晨（我已经醒来，但是尚未起身），我的窗下响起了手杖的橐橐声，同时传来了歌声，凭声音我一下子听出是加京在唱：

你还睡着吗？我要用吉他

将你唤醒……①

我赶紧给他开了门。

"您好！"加京进来说，"我一大早来打搅您，可是您看看，早晨天气多好。空气新鲜，露水满枝，云雀唱得正欢……"

看他那一头很有光泽的鬈发、不系领结的脖子、红润的双颊，他本人就像清晨一样新鲜。

我穿好衣服。我们走进小花园，在长凳上坐下，吩咐端来咖啡，便开始聊天。加京向我谈了自己未来的计划：他有一份像样的产业，用不着依靠任何人，所以想献身绘画事业，只是惋惜自己觉悟得太迟，许多时间白白浪费了。我也说了自己的打算，顺便也向他吐露了我那情场失意的隐秘。他体谅地听完我的叙述，但无论如何，我

① 引自普希金 1830 年的抒情诗《我在这里，依聂西里娅》。

发觉我激不起他对我的深切同情。出于礼貌，加京只附和地叹了一两口气，便建议我到他寓所去看他的画稿。我当即同意了。

我们没有遇见阿霞。听房东太太说她到"废墟"去了。离Ⅱ城大约两里地有一座封建时代的城堡遗址。加京向我展示了他的全部画稿。虽然这些画里，蕴含了丰富的生活和真实，还有一种狂放、旷达的意境，但却没有一幅画是画完的。我觉得他画得随意，也不准确。我坦诚地向他谈了自己的看法。"是的，是的，"他叹口气接着我的话说，"您说得对，这些画都画得不好，也不成熟。有什么办法呢！我没有像模像样地学过，而且让我那该死的任意放纵的斯拉夫脾气占了上风。在你们想着干一番事业的时候，你会像鹰一样展翅奋飞，这时似乎大地也被你推动了——但一旦做起来，马上就虚弱无力，疲惫不堪了。"

我想鼓鼓他的气，可是他却挥了挥手，收起他的画稿，抱起来扔到了沙发上。

"只要有恒心，兴许我能干出点儿名堂来，"他从牙缝里挤出话来说，"要是缺乏恒心，那我只好仍旧做我的贵公子了。咱们找阿霞去吧。"

我们出发了。

4

通向废墟的道路，蜿蜒在一条多林的窄小谷地的斜坡上。谷地的底部奔流着一条溪涧，溪流飞溅着越过块块岩石，仿佛急匆匆地要赶去和那条群峰壁立的山岭连成的幽暗屏障后面、悠闲地闪着光的大河汇合。加京要我留心观赏阳光下几处赏心悦目的地方，听他说话的口气，我觉得他即使不是个风景画家，也有几分艺术家的气质。不久一座废墟展现在眼前。光秃秃的山巅耸立着一座四角方方的塔楼，整个塔身已经发黑，还挺结实，不过已出现一条纵向的裂隙，仿佛刀劈一般。布满苔痕的城墙与塔楼相衔接，有的地方爬满了常青藤，歪歪扭扭的小树从灰色的女墙和坍塌的拱顶上悬挂下来。石铺的小道直通残存的楼门。我们走到门前时，忽然前方闪过一个女人的身影，迅速地跑过一堆废墟，来到悬崖上方的城墙斜坡上坐了下来。

"那不是阿霞吗？"加京大声说，"真是个疯姑娘！"

我们走进大门，来到一个小小的院落，野苹果树和荨麻几乎长满了半个院子。在颓垣残壁上坐着的正是阿霞。她向我们转过脸，笑了起来，不过坐在原地没有动。加京伸出一个指头向她发出警告，我则大声责备她太冒险。

"得了，"加京小声对我说，"别逗她，您不了解她，说不定她还会往塔楼上爬呢。您不妨看看此地的老百姓多么会精打细算，那才叫人吃惊呢。"

我环视四周。墙角里，一个老婆婆栖身在一间小小的木板售货棚里编织长线袜，从眼镜框后面斜睨着我们。她向游客出售啤酒、蜜糖饼干和矿泉水。我们在长凳上坐下，拿起沉重的锡杯，开始啜饮冰冷的啤酒。阿霞盘起双腿，头上包着块薄围巾，还是一动不动地坐着。明朗的天空清晰地映衬出她姣美的面影。我望了她一会儿，心里不免有些反感。昨天晚上我就发现她身上有种不太自然的东西……"她想叫我们惊奇，"我想，"干吗要这样？这种的幼稚举动有什么意思？"她仿佛猜出了我的想法，突然向我投来一瞥洞察一切的目光，随即笑了起来。一下两下从城墙上跳下来，走到老婆婆跟前向她要了一杯水。

"你以为我想喝水？"她向着哥哥说，"不，城墙上有些花不浇水不行了。"

加京一句话也没有回答她。她手里拿着水杯，开始沿断壁攀援，有时停下来，弯起腰，显出煞有介事的有趣样子洒下一点儿水，水珠在阳光下闪着耀眼的光芒。她的动作十分可爱，然而我依然对她感到懊丧，尽管对她的轻巧伶俐我情不自禁地怀有一种激赏之心。

在一个危险的地方她故意大叫一声，接着一阵大笑……我心里更加懊丧了。

"简直像山羊在爬坡。"老婆婆的眼睛离开手头的长袜子，轻声自语说。

阿霞终于倒空了杯里的水，调皮地摇晃着身子，回到了我们身边。异样的笑容牵动了她的双眉、鼻孔和嘴唇，她眯起深色的两眼，露出半含轻慢、半含欢乐的神色。

"您觉得我的行为不大得体？"她的脸似乎在说，"反正我无所谓，我知道您看着我心里喜欢。"

"棒极了，阿霞，棒极了！"加京轻声说。

她似乎突然不好意思起来，低下了长长的睫毛，仿佛做了错事似的在我们身边乖乖坐了下来。这时我才第一次看清楚她的面容，我见过的面容中这张脸是最富变化的。稍过了一会儿，那张脸已全然变得苍白，现出了专心致志、几乎凄楚忧愁的表情。我觉得她的面容变大了，变严厉了，变坦然了。她完全安静下来了。我们绕废墟走了一圈（阿霞跟在我们后面），欣赏着自然风光。这时已近午饭时分，加京在向老婆婆付钱时又要了一杯啤酒，转过身向着我，调皮地做个鬼脸高声说道："为您心上的女人干杯！"

"难道他——难道您有这样一位女人吗？"阿霞猝然问道。

"谁没有心上人呢？"加京反问说。

阿霞一时出了神。她的面容又变了，现出了挑衅性的、近乎傲慢的冷笑。

回家路上她嬉笑、淘气得更凶了。她折下一根长长的树枝，像猎枪一样扛在肩上，用围巾包着头。这时迎面走来一大家子头发浅黄、态度拘谨的英国人，他们仿佛有人命令似的带着冷淡、惊诧的神色，睁着玻璃样的眼睛看阿霞过去。阿霞却仿佛有意对着干似的，一面走一面大声唱起歌来。一回到家，她就回到自己房里，直到吃饭的时候才露面。她穿上自己最好的一件连衣裙，梳理得端端正正，束着腰，戴上了手套。吃饭的时候她显得非常端庄文静，几乎有点儿古板，稍稍尝了点儿菜，啜了几口高脚杯里的水。显然她想在我面前扮演一个新的角色——一位彬彬有礼、教养有素的小姐的角色。加京没有干预她，显而易见，他在各方面对她姑息纵容惯了。有时他只是善意地望着我，轻轻地耸动一下肩膀，似乎想对我说："她还是个孩子，您就对她宽容点儿吧。"刚吃完饭，阿霞就起身向我们行了个屈膝礼，戴上宽檐儿帽，问加京她可不可以去看看露伊斯太太。

"你什么时候开始学会请示报告了？"他还是含着那一成不变、这次却略显局促的微笑回答她，"难道和我们一起你觉得没意思？"

"不是的。不过昨天我答应露伊斯太太去看她的。再说我觉得你们两个人在一起更好些，H先生（她指了指我）还有话要对你说呢。"

她走了。

"露伊斯太太，"加京竭力避开我的目光，开始说，"是本地前市长的遗孀，一位好心而浅薄的老太太。她深深地喜欢上了阿霞。阿霞渴望和地位低微的人结交，我发觉个中原因通常是出于自傲。您看得出来，我把她娇纵惯了。"他沉默了一会儿后又说道，"可是您叫我怎么办呢？我对谁也不会苛求，更不用说对阿霞。我有责任对她宽宏大量。"

我没有说话。加京转换了话题。随着我对他的了解越多，我越来越觉得他这个人可亲可近。过了不久我就对他完全理解了。他完完全全是个俄罗斯人，正直、诚实、淳朴，然而可惜有点萎靡不振，缺乏执着的追求和内心的激情。在他身上青春的活力没有如流水般奔腾泉涌，它只是静静地放射出光芒。他非常亲切可爱，也十分聪明，但是我无法想象他将来一旦长大成人会有什么结果。成为一个艺术家……没有艰苦不懈的劳动不会有艺术家……然而劳动，望着他那瘦弱的身影，听着他那慢条斯理的谈吐，我想，不！你不会去劳动，你的心坚定不起来。然而你不可能不喜欢他，你的心紧紧地被他吸引住。我们两人一起度过了大约四个小时，有时坐在沙发里，有时在屋前徐徐踱步——这四个小时之内我们彻底地成了好朋友。

太阳已经下山，我该返回了。阿霞还没有回来。

"看她在我面前主意有多大！"加京说，"您要我送送您吗？我们顺路拐到露伊斯太太那儿，问问阿霞在不，绕不了多少路。"

我们下山向城里走去，拐进一条狭小弯曲的街巷，在一幢两个窗户宽、四层楼高的房屋跟前停下来。二层楼挑出在街道上方，超过了第一层，三、四层又比第二层挑出更高。整幢房子，连同它陈旧的雕饰，楼下两根粗廊柱、尖削的瓦屋顶和呈鸟喙形伸出的顶间的尖顶，看起来像一只硕大无朋、背部弓起的鸟。

"阿霞，"加京大声喊道，"你在这儿吗？"

三楼亮着灯的窗户砰地响了一下，打开了，我们看见了阿霞黑黑的头影。她的背后探出一张口中无牙、高度近视的老年德国女人的脸。

"我在这儿，"阿霞娇媚地将两肘支在窗台上说，"我在这儿挺高兴。给你，拿着，"她向加京抛下一根天竺葵的花枝继续说，"把我想象成你的心上人吧！"

露伊斯太太笑了起来。

"H 要走了，"加京回答说，"他想和你告别。"

"是吗？"阿霞说，"既然这样，你把我的花给他，我这就回来。"

她砰的一下关上了窗户，好像亲了亲露伊斯太太。加京默默地伸手把花交给了我。我默默地把花放进口袋，走到渡口，渡到了对岸。

记得在返回的路上虽然我什么也没有想，心头却感到异样地沉重，犹如突然闻到一种强烈、熟悉而在德国难得遇到的气息，使我不胜惊讶。我停下脚步，看到路旁有一小块大麻地。它那草原的气息顿时使我想起了故乡，在我心里激起了炽烈的乡愁。我不由得想呼吸俄罗斯的空气，在俄罗斯的大地上行走。"我在这儿干什么？为什么我要在异国他乡、在异族人中间颠沛流离？"我大声喊道，于是我在心头感到的那种凝结的重压突然间化作了苦涩、强烈的激情。我回到寓所时心情和昨天夜晚截然不同。我感到自己几乎是怒气冲冲的，久久不能平静。一种连我自己也搞不清楚的懊丧情绪搅得我心烦意乱。最后我坐下来，想起了我那位阴险的小寡妇（我的每一天都以对这位女士礼仪式的回忆而告终），掏出了她的一张字条。然而我根本没有打开它，我的思绪马上又向别处想了。我开始想……想到了阿霞。我想到加京谈吐间向我暗示过有某种难处，阻碍他返回俄国……"别想了，她是他妹妹吗？"我大声说。

我脱衣上床，努力使自己入睡。但是一个小时后我又在床上坐起，把一只胳膊肘支在枕头上，重又想起了这位"发出做作的笑声的任性小姑娘"，"她风姿绰约，仿佛法尔内塞宫里拉斐尔画的小伽拉忒亚 ①，"我轻声说，"不错，她也不是他的妹妹……"

小寡妇的字条异常安详地躺在地上，在月光下现出雪白的颜色。

5

翌日清晨我出发去 Л 城。我说服自己此去是为了和加京见面，然而心底里却是渴望看看阿霞会怎么样，是否还会像昨晚那样怪里怪气。他们两个都在客厅里，真是怪事！——不知是不是因为夜里和一早我想俄罗斯想多了的缘故——我觉得阿霞不折不扣是个俄罗斯姑娘，一个朴实无华的姑娘，简直像个女仆。她身穿一件旧连衣裙，头发梳到了耳根后面，坐在窗前一动也不动地绣着绷子上的花，稳重、文静，仿佛这一辈子别的事什么也没有做过。她几乎一句话也没有说，静静地看着手里的活计。她的面部表情显得那么平淡无奇，普普通通，使我不由自主地联想起我们寻常百姓家长大

---

① 指拉斐尔的名画《伽拉忒亚的胜利》。

的卡佳和玛莎之流。她还轻声哼起了《我的亲人好妈妈》[1]，这就更像了。我望着她憔悴微黄的面容，回忆昨天的胡思乱想，心里感到一种怜悯。天气非常好，加京对我们说今天他要去练习写生。我问他是否可以让我陪他一起去，我会不会妨碍他。

"相反，"他回答说，"您可以成为我的好参谋。"

他戴上凡·戴克式[2]圆形宽檐帽，穿上男式短上衣，胳膊下夹一个画夹子，就上路了。我走在他后面。阿霞则留在家里。临行时加京请她留神别把汤煮得太稀，阿霞答应到厨房照看。加京走到我们已经熟悉的谷地，在一块岩石上坐下，开始对一棵有树洞、枝叶扶疏的老橡树写生。我在草地上躺下，掏出书来看。但是我两页书也没有读完，他也只在画纸上随意涂抹了一番，我们更多地是在探讨问题，至少我觉得诸如究竟应当怎样工作，应当回避什么，坚持什么，在我们的时代画家本身的意义何在等等问题，都谈论得头头是道，鞭辟入里。最后，加京确认他"今天兴致不高"，便在我身边躺下来，于是年轻人的话匣子就无拘无束地打开了，那滔滔不绝的议论时而热情洋溢，时而若有所思，时而充满激情，然而这些

---

① 系作曲家古里廖夫（1802—1856）根据30年代诗人莫林斯基的歌词谱写的歌曲。

② 原文为法文。凡·戴克（1599—1641）系佛兰德斯画家，善画肖像画、宗教画和神话题材画。此指肖像画中的帽式。

议论往往含糊不清，倒是俄罗斯人最乐而为之的。我们东拉西扯谈了个够，心里充满了志得意满的情绪，仿佛我们已经有所作为，已经达到某个目标，于是回到了家里。我觉得阿霞和我刚才同她分手时毫无二致，不管我怎么留神观察，都没有发现在她身上有一丝一毫卖弄风情的影子，没有一丝一毫有意扮演某个角色的模样，现在无论如何不能指责她矫饰做作了。

"啊哈！"加京说，"罚自己守斋和忏悔啦！"

傍晚她毫不做作地打了几次哈欠，早早地回自己房里去了。不久我也向加京告辞。回家以后我已经什么也不想了，这一天是在清醒的感觉中度过的。但是我记得上床时我不由自主地出声说道："真是个变色龙，这个姑娘！"想了一想后又说道，"不管怎么说，她不是他妹妹。"

6

整整过了两个星期。我每天拜访加京兄妹。阿霞似乎在躲避我，但是像我们认识最初两天里使我惊讶的淘气行为，她再也没有过。她似乎暗自有点儿伤心或感到不好意思，甚至连笑也不爱笑了。我好奇地留神观察她。

　　她的法语和德语讲得都很棒，但是各方面都显示出她从小没有受过母性的照料，所受的教育与加京的完全不同，是一种奇特的、与众不同的教育。加京尽管戴着凡·戴克式帽子，穿短便服，却依然流露出大俄罗斯贵族公子的气质，柔顺温良，多少有点儿养尊处优。阿霞却不像一个贵族小姐，无论举手投足，处处流露出一种局促不安的心理，仿佛这棵野生的小树不久前刚刚嫁接，像这酒还在发酵。她生性羞怯胆小，因而恼恨自己的忸怩不安，由于恼恨就强作潇洒、勇敢，结果总是适得其反。我多次和她谈起她在俄国的生活，她的过去，但是她对我的寻根究底并不乐意回答。然而我知道直至出国以前她曾长期住在乡下。有一次我遇见她正在看书，独自一人。她双手支头，十指深深插进发际，两眼如饥似渴地盯着字行。

　　"了不起！"我走到她跟前说，"您真用功！"

　　她微微抬起头，庄重而严厉地看了看我。

　　"您以为我光知道笑。"说着她就起身走开……

　　我扫了一眼书名，这是一本法国小说。

　　"不过您所选的这本书我却不敢恭维。"我说。

　　"那看什么好！"她大声说，接着把书往桌上一扔，又说道，"我还不如瞎胡闹好！"说着便向花园里跑去。

就在当天傍晚，我给加京朗读《赫尔曼与窦绿苔》①。起初阿霞只是一直在我们旁边转来转去，后来忽然停下来，竖起耳朵细听起来，悄悄坐在我身边，一直听到我念完。第二天她又变得我认不出来了，当时我猜不到她脑子里突然会钻进这样的想法：要像窦绿苔那样善于理家，举止稳重。总之她对我来说是一个捉摸不定的人物。她极端地自尊，所以对我具有吸引力，甚至在我生她气的时候也是如此。不过有一件事我越来越确信不疑，那就是她不是加京的妹妹。他待她不像个哥哥：过于和气，过于宽容，同时有点儿迫不得已地这样对她。

看来是一个奇异的机会证实了我的猜疑。

有一天傍晚，我走到加京兄妹耽搁的那个葡萄园旁边，发现栅栏门锁着。我未经多少犹豫就走到有一段栅栏破损的地方。这地方我以前已经发现了，于是跳了过去。离这儿不远，路的一旁有一个合欢树编成的亭子。我走到亭子跟前，已经想走过去了……蓦然间阿霞的声音惊住了我，她啜泣着、激动地诉说着下面的话语："不，除了你我谁也不想爱，不，不，我只想爱你一个人——而且永远。"

"好了，阿霞，放心吧，"加京说道，"你知道我相信你。"

他们的声音从亭子里传出来。我透过编织得不大稠密的枝叶看

---

① 歌德的长篇叙事诗。

到了他们两个人。他们却没发现我。

"我，只爱你一个。"她重复说道，扑过去搂住他的颈项，抽抽搭搭地哭着，开始亲他，紧紧地贴紧他的胸前。

我凝神屏息呆呆地站了一会儿……忽然我浑身猛地一怔。"到他们身边去？绝对不行！"我脑子里闪过这个念头。我大步流星回到栅栏边，一跃而过到了路上，几乎跑也似的回到了寓舍。我脸带笑容，搓着双手，惊喜终于得到一个机会来证实自己的猜疑（我一刻也没有怀疑过它的真实性），与此同时我心里却非常难过。"可是，"我想，"他们多么会装模作样啊！但是为什么要这样做？怎么这么喜欢愚弄人？想不到他会来这一招……多么动听的解释！"

7

我睡得很不安稳，次日清晨一早就起了床，在背后系上旅行背囊，关照房东太太让她别等我回来过夜，就沿З城所在的那条河，溯流而上，向山里进发了。这些山是一条名叫"狗背"的山岭的支脉，就地质学的领域而言是极其引人入胜的，尤其是玄武岩层的平整和纯净堪称一绝。然而我无心进行地质考察。我不明白自己内心发生了什么事，只有一种感情是清楚的：不希望再和加京兄妹见面。

我相信我突然对他们失去好感的唯一原因是他们的狡狯多诈。谁强迫过他们冒充同胞兄妹？不过我竭力不去想他们，从容不迫地在山间和谷地悠哉游哉，在乡村小饭馆里随意就座，一面和店主与顾客们融洽地交谈，或者躺在晒热的平坦的岩石上看云团游移飘忽，好在天公作美，晴好无比。我就这样度过了三天，不无心满意足的感觉——虽然有时也有忧郁的情绪袭上心头。我的心情与此地大自然宁静的环境正好十分和谐。

我完全忘情于静静地回味偶尔遇到的景象，领略不经意来到心头的感受，它们缓缓地流经我的心田，彼此交替着，最后在心里留下一个共同的感觉。这三天内我所目睹、所感受、所耳闻的一切都在这种感觉里融为一体了。松脂在林间散逸着淡淡的清香，啄木鸟发出鸣叫和击木的橐橐声，涧底活跃着花色斑斓的鳟鱼，明晃晃的小溪在喋喋不休地絮语，群山不太鲜明的轮廓，闷闷不乐的山崖，外形可观的古教堂和林木葱茏、清洁的小村落，草地上的鹳鸟，轮子急速旋转的磨坊，农夫们殷勤好客的面容，他们蓝色的无袖短上衣和灰色长袜子，套着肥胖的马匹或套着母牛的吱吱作响、慢条斯理的大车，在两旁栽满苹果树和梨树的路上走着的蓄着长发的年轻人……

即使时至今日，我回忆起当时的那些景象，还心里乐滋滋的。

向你致敬，德意志大地朴素的一角！你简单淳朴、知足常乐，你勤劳的双手和尽管从容不迫却坚持不懈的劳动到处留下了痕迹……向你致敬并愿你平安！

到第三天快傍晚时我才回家。我忘了交代，由于对加京兄妹的恼恨，我试图在心里重新唤起对那位狠心的小寡妇的形象的回忆。不过我的努力毫无结果。记得我开始想念她的时候，我眼前看到的却是个五六岁的乡下小女孩儿，长着一张圆圆的脸蛋儿，纯真无邪地鼓起一对小眼睛。她那样稚气十足地、单纯地望着我……面对她纯洁的目光，我感到无地自容，我不想当面对她说谎话，便顿时和我昔日的对象彻底、永久地告别了。

我在家里发现了加京留下的字条。他对我的突然决定纳闷不解，怪我为什么不带他一起走，要我一回来就去他们家。我念完这张字条心里颇感不满，但是翌日还是去了 Л 城。

8

加京迎接我的时候还是像朋友一样，说了一大堆温和的责备的话。然而阿霞却仿佛有意似的，一见到我就无缘无故地大笑起来，然后就同她惯常所做的那样，一转眼就跑开了。加京感到尴尬，看着她离去，轻声嘀咕着说她是个疯姑娘，请我不要介意她。说实在的，我心里对阿霞非常恼火。本来我心里就很不好受，现在她又发出这不自然的笑声，作出矫揉造作的奇怪举动。不过我装作什么也没有注意的样子，详细地向加京介绍我这次短途旅行的情况，他也告诉我我不在的时刻他都做了些什么，可是我们谈得并不投机。阿霞走进屋来又跑了出去，最后我说我还有要紧的事，应当回家了。加京起先还挽留我，后来专注地看了看我，自告奋勇说送我走。在前厅里阿霞突然走到我身边，向我伸出手来。我轻轻握了握她的手指，微微向她欠身致意。我和加京一起渡过莱茵河，在经过我喜欢的那棵椴树和圣母雕像的时候，我们在长椅上坐下来观赏风景。这时我们之间进行了一段意味深长的对话。

开头我们交谈了几句，后来望着水光潋滟的河水就都不做声了。

"告诉我，"加京脸含平常的笑容，突然向我发问，"您对阿霞怎么看？您是不是觉得她有点儿怪？"

"不错。"我并非毫无困惑地回答道。没料到他会提到她。

"如果要对她做出判断，必须得好好了解她，"他说，"她心地非常善良，可是爱起怪念头，任性得很，和她相处可不容易。不过这不能怪她，如果您知道她的身世……"

"她的身世？……"我打断他的话，"难道她不是您的……"

加京向我瞟了一眼。

"您是不是已经觉得她不是我的妹妹？……不，"他没有注意到我当时的狼狈相，继续说道，"她的确是我的妹妹，她是我父亲的女儿。您听我说完，我信任您，所以要把什么都告诉您。

"我父亲为人非常厚道，聪明，有教养——然而并不幸福。和其他许多人相比，命运对他并不薄，但是他连命运的第一个打击也忍受不住。他结婚很早，而且是恋爱结婚。他的妻子，也就是我的母亲，很快就遗世而去了。她死时我才六个月。父亲把我带到乡下，整整十二年没有出过远门。他亲自管我的教育，如果不是他的哥哥，也就是我的亲伯父，到乡下来看我们，他怎么也不会和我分离的。这位伯父长住彼得堡，担任着一个相当重要的职位。由于父亲说什么也不愿意离开乡间，他就说服我父亲把孩子交给他管。伯父告诉他，像我这样年龄的孩子，成天生活在一个完全与世隔绝的环境里，又和像我父亲这样一个终日闷闷不乐、沉默寡言的教育者相处一室，是十分有害的，我必定会落后于同龄的孩子，而且天性很容易受到损害。父亲好久听不进兄长的规劝，最后还是让了步。和父亲分手时我哭了。虽然我从来没有见过他的笑容，但是我爱他……然而来到彼得堡后，我很快就忘记了我们那幽暗、没有欢乐的老家。我进了士官学校，毕业后又进了近卫军团。每年我都到乡下去住上几个星期，发现父亲变得一年比一年更愁眉不展，更内向，更沉思默想，甚至胆小怕事。他每天都上教堂，几乎连话也不会说了。一次回家省亲时（我已经二十出头了），我在家里第一次见到一个十岁左右、瘦瘦的黑眼睛小姑娘，她就是阿霞。父亲说她是个孤儿，是他领养的——他就是这么说的。我没有特别注意她。她怕生，动作利索，不爱说话，像头小野兽。只要我一走进父亲喜欢的那个宽大阴暗的房间，阿霞就会马上躲到父亲的伏尔泰椅或书橱的后面去。我母亲就是在那个房间里去世的。屋里连白天也点着蜡烛。这以后三四年间，我因公务缠身，不大能抽身到乡下去。每月我收到父亲寄来的一封短信，信里他难得提起阿霞，即使提到也是一笔带过。他已年过半百，不过看上去还像个年轻人。所以您可以想象我是多么惊恐不安——我突然间收到管家的来信，说我父亲已经病情危笃，而这一点我当时连做梦也不会想到。他请求我尽一切可能火速回家，如果我想给父亲送终的话。我拼命往家里赶，总算见到父亲还活着，但是也已奄奄一息。他对我的到来喜出望外，伸出他那双骨瘦如柴的手，拥抱了我，用一种似询问又似哀求的目光久久凝视着我，直到我保证履行他最后的请求时，才吩咐他的贴身老侍仆把阿霞带来。老人带了她来，她勉强站着，浑身瑟瑟发抖。

　　"'现在，'父亲费劲地对我说，'我把我的女儿——你的妹妹托付给你了。你可以向雅科夫了解一切。'他指了指贴身侍仆又说道。

　　"阿霞大哭起来，脸向下扑倒在床铺上……半小时以后父亲与世长辞了。

　　"下面就是我所了解到的情况。阿霞是我父亲同我母亲从前的女仆达吉雅娜所生的女儿。我清楚地记得这位达吉雅娜，记得她那苗条的身材，秀美、端庄、聪慧的脸庞，还有那双深色的大眼睛。她是个出了名的傲气十足、难以亲近的姑娘。从雅科夫毕恭毕敬、吞吞吐吐欲言又止的谈话中我可以明白，父亲是在母亲死后几年里和她两情相投的。当时达吉雅娜已经不住在东家的屋子里，而住到了已出嫁的姐姐、一个养牲口的女仆的小茅屋里。父亲对她一往情深，在我离开乡下以后甚至想与她结婚，但是不管他怎么求她，她就是不肯做他的妻子。

　　"'已故的达吉雅娜·瓦西里耶芙娜 ①，'雅科夫双手反背站在门口这样对我说，'哪方面都显得通情达理，不愿意让您的父亲受

_____

　　① 瓦西里耶芙娜是达吉雅娜的父名，按俄语习惯，称父名表示尊敬。照理达吉雅娜身为女仆，是用不着以父名称呼的，作者用这种称呼表示雅科夫对她的敬重。

委屈。她说我怎么配做您的妻子，我算什么太太？她就是这样说的，说的时候我在场。'

"达吉雅娜甚至不愿意搬进我们的屋子住，继续住在姐姐家，带着阿霞。小时候我只在逢年过节、到教堂里时才见到阿霞。她缠一块深色头巾，披一块黄披肩，在人群里靠窗边站着——透明的窗玻璃上清晰地映出她严肃的侧影——安详、郑重其事地祷告，按老的规矩深深地鞠躬。伯父把我带走时阿霞才两岁，到九岁那年她失去了母亲。

"达吉雅娜一死，父亲就把阿霞带回自己家里。他先前就表示希望把阿霞带在自己身边，但是达吉雅娜连这一点儿也不肯。您不妨想一想，当阿霞被带到父亲身边时她会怎么样。至今她不能忘记第一次给她穿上绸衣服，人们亲她小手的那一刻。母亲还在世的时候对她管教非常严格，在父亲那里她却享受充分的自由。他当她的老师。除了他，任何一个别的老师她也没有见过。他不宠她，也就是说不娇惯她。不过他对她喜欢得不得了，从来就没有不许她做的事——他打心底里觉得对她不起。不久阿霞明白自己是家里的主要角色，老爷就是她亲爹。然而不久她同样明白了自己所处的虚假地位，自尊心在她身上大为膨胀，多疑的性格也滋长起来。坏习惯也扎下了根，朴实的天性再也看不到了。她希望（有一次她亲口向

我承认这一点）全世界都不再记得她的出身。她既为自己的母亲感
到耻辱，又为自己有这样的耻辱而感到羞愧，于是转而为母亲而自
豪。您看得出来，但无论以往还是现在，许多在她这个年龄不该知
道的事，她都知道……难道这是她的错吗？青春活力在她身上发作
起来，热血在沸腾，但身边没有一只手能为她指引方向。她彻底地
独立自主！可是她哪那么轻易熬得过来？她希望比别起家小姐毫不
逊色，于是钻进了书本里。这会有什么好结果呢？一开始就不正常
的生活，其发展也不会正常。然而她心灵未受损伤，智力也很健全。

　　"就这样，我，一个年仅二十出头的年轻人带了一个十三岁的
女孩子！在父亲死后的最初的日子里，一听到我的声音她就要打颤，
我对她表示的亲切爱抚反使她愁绪满怀，她只是慢慢地，才一点点
跟我熟悉起来。当然，后来当她确信我承认她是我妹妹，而且像对
妹妹一样爱她时，她对我就非常亲了——她身上没有一种感情是半
心半意的。

　　"我把她带到了彼得堡。尽管和她分开对我来说是那么难过，
但无论如何我还是不能和她住在一起。我把她安顿在一所很好的寄
宿学校。阿霞明白我们俩必须分离，开始时大病一场，几乎死去活
来。后来终于挺了过来，于是在寄宿学校熬过了四个年头。但是跟
我的预料相反，她的性格还是和从前一模一样。女校长经常在我面

前告她的状。'既不好处罚她，'她对我说，'来软的她又不吃。'
阿霞的悟性异常高，功课学得很出色，比谁都好，可是怎么也不肯
和大家一样随波逐流，她要我行我素，看上去像个孤僻的怪人……
我不能过分责备她——处在她这样的地位，要么阿谀奉承，要么孤
高自傲。女伴里面她只跟一个人合得来，那是一个其貌不扬、因受
虐待而胆颤心惊、家境贫困的女孩子。其余和她同窗共读的小姐们，
她们大部分出身于名门望族，都不喜欢她，对她竭尽挖苦讽刺之
能事。阿霞对她们寸步不让。一次上神学课时老师说到了恶德。'拍
马和胆怯是最坏的恶德。'阿霞大声说。总之她继续按自己的路子
发展，不过她的仪态风度却变好了，虽然这方面她的进步似乎还不
太够。

"终于她过了十七岁，让她继续长久待在寄宿学校已不可能。
我处在十分为难的境地。突然我心生妙计——退伍，到国外去待上
一两年，把阿霞也带上。怎么想就怎么做，于是我和她来到莱茵河
畔，在这里我努力学画，她呢……淘气，跟从前一样耍怪脾气。现
在我希望您不会对她过于苛求了，不过她即使装做什么也毫不在乎，
对每个人的意见还是很重视的，对您的意见更是如此。"

加京又露出了淡淡的笑容。我紧紧地握住了他的手。

"全部真相就是这样，"加京又说起来，"但是和她一起对我来

说真伤脑筋。她是个十足的火药筒。到现在为止还没有一个人让她喜欢，不过要是她爱上了谁，事情就糟了。有时我不知道拿她怎么办。这几天她不知又想到了什么怪念头，突然说我对她比过去冷淡了，说她只爱我一个人，而且一辈子只爱我一个人……说着就大哭起来……"

"原来是这样……"我刚想说，但是咬住舌头没说出来。

"请告诉我，"我问加京——我们两人说话完全没有必要转弯抹角了，"难道迄今为止真的没有一个人叫她中意吗？在彼得堡她一定见过不少年轻人啊！"

"他们，她压根儿看不上眼。不，阿霞需要的是英雄，是非凡的人物——或者就是风景画上所画的山谷里的牧人。得啦，我对您唠叨得够了，耽误了您的时间。"他站起身的时候又说了一句。

"您听我说，"我开始说，"咱们一起到你们那儿去，我不想回去了。"

"那您的事呢？"

我一句话也没有回答。加京善意地笑了笑，我们便动身去 Л 城了。见到葡萄园和山顶的小白屋，我感到一阵甜意——心里感觉到的正是一阵甜意，仿佛有人暗地里把蜜糖浇在了我心头。听了加京的叙述后，我心里变得轻松自如了。

9

阿霞正好在家门口迎接我们。我本来准备听她的笑声，但是她出门向我们走来时一脸苍白，眼睑下垂，不发一言。

"这不，他又来了。"加京开口道，"你可要注意，是他自己想回来的。"

阿霞疑惑地看了看我。于是我就向她伸出手去，这一次紧紧地握了握她冰冷的小手。我开始非常怜悯她。现在我对她身上先前使我莫名其妙的许多东西都理解了——她内心的不安情绪，她的不善自持，好炫耀的性格——这一切我都明白了。我窥视了她的内心——她总觉得受着一种隐隐的压迫，涉世未深的一种自尊心理惴惴不安地萦绕挣扎在心头，而她的整个身心又向往着返璞归真。我明白这个古怪的少女令我心驰神往的原因了。牵动我心的不仅是她那整个纤纤玉体所洋溢的那种半粗野的魅力，我喜欢的还有她的心灵。

加京开始翻寻他的画稿，我向阿霞提议陪我去葡萄园散步。她马上同意了，怀着愉快、几乎顺从的心情同意了。我们下到山腰里，在一块宽大的石板上坐下。

"不跟我们一起，您不感到寂寞吗？"阿霞开始说。

"那么，不跟我在一起你们感到乏味吗？"我问。

阿霞从侧面瞟了我一眼。

"是的，"她答道，"山上好吗？"她立刻又继续问道，"山高吗？是不是比云还高？请告诉我您都见到了些什么。您对我哥哥说了，可我一句也没有听到。"

"谁让您自己走开的呢？"我对她说。

"我走开了……因为……现在我可再也不走开了，"她话音里露出一种信任的柔情说，"今天您生气了。"

"我？"

"您。"

"为什么要生气呢？哪会有这种事呢？……"

"我不知道，但是您生气了，而且是生着气离开的。您这样离开，我感到非常懊丧，您回来了，我又感到高兴。"

"我也高兴我回来了。"我说。

阿霞耸了耸肩膀，仿佛孩子们心里高兴时常做的那样。

"啊，我可会猜呢！"她继续说，"以前常这样，光凭爸爸从隔壁房间里传来的一声咳嗽，我就知道他喜不喜欢我。"

在那以前阿霞从来没有对我说起自己的父亲。这使我惊诧。

"您爱您爸爸吗？"我说道，叫我最为沮丧的是我感到我脸红了。

她一句话也没有回答，同样脸红了。我们两人都不说话了。远处，莱茵河上一艘轮船正疾驶而过，吐着烟。我们开始望那艘船。

"您为什么不说了？"阿霞轻声说道。

"今天您为什么一见我就大笑？"我问。

"我自己也不知道。有时我想哭，却反而笑了。您不该凭着……我的举动来判断我。哦，顺便问件事，洛勒莱①的故事是怎么回事？那块望得见的真是她的岩石吗？据说，从前她先把所有的人都淹死了，可是一旦自己坠入情网，她就投水而死了。我喜欢这个故事。露伊斯太太给我讲故事，什么样的都讲。露伊斯太太有一只黄眼睛的黑猫……"

阿霞抬起头，抖了抖长�发。

"啊，我真高兴！"她说。

此时飘来一种时断时续的嗡嗡声。原来是一大帮朝圣者举着十字架和神幡，拉了长长的队伍正在山下的路上缓步而行。几百个人齐声反复祈祷吟诵的声音，有节奏地起伏着。

"要是走在他们中间该多好！"阿霞听着徐徐远去的声音说。

———
① 德国民间传说中一位少女的名字。她因恋人对她不忠而投入莱茵河自尽，死后化作水妖，经常引诱渔船触礁沉没。洛勒莱成为德国许多诗歌作品的题材，诗人海涅写有叙事诗《洛勒莱》。下文的"岩石"即指圣戈阿斯豪森附近莱茵河中以"洛勒莱"命名的回音岩。

　　"难道您这么虔诚地相信上帝？"

　　"我要到随便哪个遥远的地方去祈祷，去建立艰苦的功勋，"她继续说道，"要不，日子一天天过去，生命也跟着消逝，我们会悔恨这一生究竟做了些什么！"

　　"您是个追求功名的人。"我向她指出，"您希望不虚度此生，在身后留下足迹……"

　　"难道这不可能做到吗？"

　　"不可能，"我几乎是脱口而出……然而我望了望她那亮晶晶的双眼，又说了一句，"试试吧。"

　　"请告诉我，"阿霞在沉默了不多一会儿后又开始说。在她沉默不语的时候，她那已经变得苍白的脸上掠过了某种阴影。"您很喜欢那位女士……您记得吗，在我们认识的第二天，在废墟上我哥哥曾为她的健康举杯祝福？"

　　我笑了起来。

　　"您哥哥是说着玩儿的，我还没有喜欢过一个女士，至少目前还一个也没有喜欢上。"

　　"那么您喜欢什么样的女人呢？"阿霞怀着纯真无邪的好奇心理，把头向后一仰，问道。

　　"多么古怪的一个问题！"我大声说。

阿霞微露出局促不安的样子。

"我不该向您提这样一个问题，对吗？请原谅，我已经习惯于想什么就胡扯什么。也正因此，我才害怕开口。"

"看在上帝分儿上，说吧，别担心，"我接着说，"我真高兴，您终于不再害羞怕生了。"

阿霞低下了头，发出轻细的笑声，我以前没听到过她那样的笑声。

"好，那您说说吧，"她继续说，一面抚弄着连衣裙的下摆，将它放在大腿上，仿佛她准备要坐好久似的，"请说说，或者念点儿什么，就像您曾经给我们念过《奥涅金》里的片断那样，您记得吗……"

忽然她沉思起来——她轻声念道：

在我可怜的母亲的上方

如今只有一个十字架和葱葱树影！……①

"普希金的诗句不是这样的。"我向她指出。

"不过我真想做达吉娅娜。"她依然若有所思地继续说道。"请

_____

① 引自《叶盖普尼·奥涅金》第八章第四十六节，原诗中"母亲"两字应为"奶娘"。

说说吧！"她热切地接着说。

　　然而我却无心讲故事。我望着她。她全身沐浴在明亮的阳光里，变得既安详又温顺。我们周围，我们头顶上，我们脚底下，万物都闪耀着欢快的光芒——天空、大地和河流，连空气本身也似乎充满了光明。

　　"请看，景色多么好！"我情不自禁地压低了声音说。

　　"是啊，真好！"她眼睛没有看着我，同样轻声地回答我说，"要是我和您是两只鸟，咱们会飞得多么高，又会飞得多么远啊……飞啊飞啊，就这样隐没在这蔚蓝的天空……可是咱们不是鸟啊。"

　　"不过咱们会长出翅膀来。"我回答说。

　　"怎么会呢？"

　　"再过几年您就知道了。有这样一种感情，能托起我们离开地面。别担心，您会有翅膀的。"

　　"那么您有过吗？"

　　"怎么对您说呢……看来直到现在我还没有飞翔过。"

　　阿霞又沉思起来。我微微俯身望着她。

　　"您会跳华尔兹舞吗？"她突然问。

　　"会跳。"我回答道，感到有点儿尴尬。

　　"那咱们走，走吧……我让哥哥给咱们伴奏华尔兹舞曲……咱们想象自己在飞翔，长出了翅膀。"

她向屋里跑去。我跟在她后面跑——几分钟以后我们已经和着拉奈尔乐曲甜美音响的节奏，在拥挤的房间里旋转着翩翩起舞了。阿霞华尔兹舞跳得极好，她陶醉在里面了。从她那少女特有的严肃面容里突然透逸出某种温柔的、女性的气质。此后我久久地感受到我的手触碰着她柔软的腰肢，久久地听到她贴近的急速呼吸，总觉得她苍白而生机勃勃、被鬓发欢快地拂弄着的脸上，那双颜色深沉、凝滞不动、几乎闭阖的眼睛久久地浮现在我面前。

10

整整这一天过得好得不能再好，我们似孩子一般嬉戏作乐，阿霞显得非常亲切单纯。加京望着她，心里很高兴。我很晚才离去。渡船划到河中心后，我请求船夫纵舟顺流漂去。老汉抬起了双桨，于是雄伟的大河便带着我们飞驶而去。眼望四周，听着，回想着，蓦然间我感到有一种隐隐的不安袭上心头……我举首望天，天空也没有安宁——天空布满了星星，在不断地微微颤动、移位、战栗。我俯身向着河水……可是就连这黑暗、寒冷的河水深处也有星星在摇曳、战栗。我觉得仿佛到处都有使人胆战心惊的活动——我自己身上也滋长起一种惊恐不安的情绪。我将臂肘支在船边上……耳际晚风的絮语、船后波浪的呜咽使我恼怒，而波浪清新的呼吸却未能叫我冷静下来。岸上夜莺开始啼啭，它的鸣声犹如一服甘甜的毒剂感染了我。我的眼眶里滚出两行热泪，然而那不是无缘无故的兴奋引出的眼泪。我的感受已不同于那种朦胧不清、不久前才经历过的对世间万物都寄予期望的感觉。当时我的心灵正在扩大，正在呼唤，它觉得它能理解一切，热爱一切……不！我胸中燃烧着对幸福的渴望。我还不敢对"幸福"两字名正言顺地直呼其名，然而幸福，极度满足的幸福，正是我所希望的，正是我所为之苦恼的……小船依然疾驶而下，而老船夫却坐着，俯身靠着船桨在打盹儿。

11

翌日我动身去加京家时，我没有问自己是否爱上了阿霞，但是对于她，我想了好多好多，她的命运使我关切，我高兴我们俩竟意外地彼此靠近了。我觉得，直到昨天我才了解她，以前她使我难以接近。正是现在，当她终于开诚布公地将自己展现在我面前时，她的形象才放射出何等迷人的光彩，她的形象才使我感到何等新鲜，从这个形象羞羞怯怯地透出的又是何等隐秘的魅力……

　　我神清气爽地走在熟识的小道上，不住地眺望远处泛着白色的小屋。我没有去憧憬未来——我对来日想也不想，我心境非常好。

　　我进屋时，阿霞的脸刷的一下红了起来。我发觉她还是打扮得漂漂亮亮的，然而她脸部的表情与这身打扮并不相称——她的表情是凄然的。而我来到时竟是那么兴高采烈！我甚至感觉到她似乎会像往常那样准备溜之大吉，但是她强制自己——留了下来。加京正处于一个艺术家激动而狂热的状态，对于那些粗懂艺术的三脚猫来说，当他们想象自己有机会捉住他们所谓的"大自然的尾巴"时，就如突然发作似的，这种状态会使他们突然地忘乎所以。他站在绷紧的画布前，头发凌乱，浑身被颜料弄得红一块绿一块，大笔大笔地在画布上挥擦，几乎恶狠狠地对我点了点头，退后几步，眯起双眼看上一看，又迅速向他的画幅走去。我没有去打扰他，在阿霞身边坐了下来。她那双深色的眼睛徐徐转过来注视着我。

　　"您今天的样子跟昨天不一样！"我力图唤起她嘴角的微笑，却徒劳无功，于是这样对她说。

　　"是的，不一样，"她用不慌不忙的声音，沙哑地回答说，"不过没关系。我没有睡好，整夜都在想。"

　　"想什么？"

"唉，我想得很多。这是我从小养成的习惯，还在我和妈妈一起住的时候就开始了……"

她吃力地吐出这句话，接着又重复了一遍：

"还在我和妈妈一起住的时候……我想过，为什么谁也不能知道自己将会怎么样。有时你看见了不幸，却无法自救，为什么无论什么时候都不能将真话和盘托出呢？……后来我又想，我什么也不懂，我需要学习。我应当重新受教育，我所受的教育相当糟糕。我不会弹钢琴，不会画画，我连针线也做不好，我一点儿本领也没有，和我在一起大概会非常乏味。"

"您对自己不公平，"我回答说，"您读过许多书，您受过教育，还有您的聪明……"

"难道我聪明？"她怀着那样一种天真的求知渴望问着，使我禁不住笑了起来，可是她却一丝笑容也没有。"哥哥，我聪明吗？"她问加京。

他一句话也没有回答，继续从事他的劳动，不断地换着画笔，高高地擎着手。

"有时连我自己也闹不清我脑子里究竟在想什么，"阿霞依然露出刚才那种若有所思的表情继续说，"有时我连自己也害怕起自己来，真的。唉，我多么想……说女人不应该读许多书，这话对吗？"

"读许多用不着，但是……"

"请告诉我，我应当读什么书？我应当做什么事？只要是您说的，我都会去做。"她怀着天真无邪的信赖态度向着我，补充说道。

我一时想不出该怎么对她说。

"您该不会感到和我在一起枯燥乏味吧？"

"哪儿的话！"我开始说。

"好，谢谢！"阿霞回答道，"我以为您会感到乏味呢。"

于是她热乎乎的小手紧紧地握住了我的手。

"H！"这当儿加京大声喊道，"这背景是否太暗了一点儿？"

我向他走去。阿霞起身离开了。

12

一小时以后她回来了，在门口站定后招手要我过去。

"请听着，"她说，"要是我死了，您会可怜我吗？"

"您今天怎么尽想这些怪念头！"我扬声说。

"我设想我不久就会死去。有时我似乎觉得周围的一切正在和我告别。与其这样活着，不如死了好……啊！别这么看着我，真的，我不是随便说说的，否则我又要害怕起您来了。"

"难道您害怕过我？"

"如果我是那样一个古怪的女人，那么我确是无辜的，"她回答说，"您看，我连笑也笑不出了……"

直至傍晚，她一直愁眉不展，心事重重。她心里产生过某种想法，而这正是我所不清楚的。她的目光经常停留在我的身上。在这种猜度不透的目光下，我的心暗暗地揪紧了。她的样子看似安详，而我望着她的样子，却想说，希望她不要激动不安。我怀着欣赏之情看着她，从她苍白的面容，从她那迟疑不决、慢条斯理的举止，我发现一种动人的魅力——而她却不知为什么居然认为我心境不好。

"听我说，"在我起身告辞前不久她说，"有一个想法折磨着我，我想您把我当成了一个轻浮女子……往后您要永远相信我说的话，只不过您得跟我坦诚相见。我将永远对您说真话，我向您保证……"

这"保证"两字又叫我忍俊不禁起来。

"啊，别笑，"她热切地说，"否则我就对您说昨天您对我说过的话：'您为什么笑？'"经过短暂的静默后，她又说："记得吗，您昨天说过关于翅膀的话？……我的翅膀已经长了出来，可我却无处可飞。"

"得了吧，"我说，"您的面前条条大路畅通无阻……"

阿霞直截了当、专心致志地望着我的眼睛。

"今天您一定认为我这个人很不像话。"阿霞蹙紧眉头说。

"我？认为不像话？指您！……"

"你们俩怎么这么垂头丧气？"加京打断我的话说，"要不要像昨天那样，让我给你们奏华尔兹舞曲？"

"不要，不要，"阿霞反对说，一面捏紧了两手，"今天说什么也不要！"

"我不会勉强你，放心吧……"

"说什么也不。"她脸色变苍白了，重复道。

"难道她爱我？"在走向莱茵河边时我想道，河上翻腾着湍急的黑色波涛。

13

"难道她爱我？"次日我一醒来就问自己。我不想窥测自己的内心。我觉得她的形象，一个强颜欢笑的少女的形象已深入我的内心，而且我不可能在短期内将它摆脱。我出发去 Л 城，在那里待了整整一天，但阿霞只在我面前晃了一眼。她身体不好，头痛。她下楼来只待了一会儿。她包着前额，脸色苍白，消瘦，几乎闭着两眼。

她虚弱无力地莞尔一笑，说："会好的，不要紧，都会好的，是吗？"说着就走了。我开始觉得无聊，似乎有点儿烦闷和空虚。然而我又久久不愿离去，直至很晚才回去，因为再也没有见着她。

翌日早晨我在一种半醒半睡的状态中度过，我想开始工作，却做不到。想什么也别干，什么也别想……同样做不到。我便在城里徘徊，回到寓所又出门去，如此往复来回。

"您是 H 先生吗？"忽然，我后面传来一个孩子的声音。我回过头去，我面前站着一个小男孩儿。"这是安娜小姐给您的。"他交给我一张字条，又说道。

我打开一看，认出是阿霞歪歪扭扭的潦草字迹。"我必须与您见面，"她字条里说，"今天四点钟来，在废墟旁的石砌小教堂。今天我做了一件非常冒失的事……看在上帝的份儿上请一定来，您会明了一切的……请告诉送条人：一定。"

"有回音吗？"男孩儿问我。

"告诉她：一定。"我回答。

男孩儿跑着去了。

14

我回到自己房间，坐下来沉思，心在胸膛里激烈跳动。我反复看了阿霞的字条。我看看表——还没有到中午十二点。

房门开了，进来的是加京。

他脸色阴沉。他抓起我的手紧紧地握了握，样子显得异常激动。

"您怎么啦？"我问。

加京拿过一把椅子，在我对面坐下。

"大前天，"他强装出笑容，开始结结巴巴地说，"我用自己讲的故事使您吃惊，今天要叫您更加吃惊。要是换一个人，我恐怕下不了决心……这么直截了当地问他……可是您是一个高尚的人，是我的朋友，是这样吗？请听着：我妹妹阿霞爱上您了。"

我浑身一怔，微微站了起来……

"您的妹妹，您说……"

"不错，不错。"加京打断我的话头，"我告诉您，她疯了，还要把我也逼疯。不过幸好她不会说谎话，而且信任我。唉，这个女孩子心灵有多天真……可是她会毁了自己，一定的。"

"是您搞错了。"我开始说。

"不，没搞错。我告诉您，昨天她几乎躺了一整天，一点儿东西也不进口，而且不喊也不哼——她从来不诉苦。虽然傍晚时她稍稍有点儿热度，我倒不担心。今天凌晨两点房东太太把我叫醒：'到您妹妹房里去吧，'她说，'她不太好呢。'我跑到阿霞房里，发现她和衣躺着，浑身颤抖不止，满脸是泪，她额头火烫，上下牙齿碰得格格响。'你怎么啦？'我问道，'病了吗？'她扑过来搂住我的脖子，开始央求我尽快带她离开这里，如果我不想她死的话……我丈二和尚摸不着头脑，竭力安慰她……她哭得越发厉害……突然我从哭声里听出……总而言之，我听到她说她爱您。请相信，我和您都是有头脑的人，但是无法想象她的感情居然这么深，这么强烈，这感情在她身上来得那么突然，那么不可抗拒，简直像雷电一样。您是一个非常亲切可爱的人，"他继续说，"可是她为什么这么爱您，这一点，老实说，我真弄不明白。她说她一见到您就钟情于您了。因此前几天当她对我说，要我相信，除了我谁也不想爱时，她哭了。她认为您看不起她，认为您可能已经知道了她的身世。她问我是否告诉了您她的身世，我当然说没有。但是她的敏感简直令人害怕。她只有一个愿望：离开此地，立即离开。我陪她坐到清晨，她获得了我的保证，明天就离开这里，这时她才睡着。我想啊想，于是决计和您谈一谈。我认为阿霞的话是对的，最好的办法是我们两人都离开这里。如果不是我脑海里生出一个念头阻止了我的话，我今天就带她走了。也许……说不定？——您喜欢我妹妹呢？如果是这样，那我何必将她带走呢？所以我就打定主意，什么面子也不管了……况且我自己也发觉……我打定主意……向您了解……"可怜的加京窘住了。"请原谅我，"他补充说，"我不习惯于处理这样的麻烦事。"

我握住了他的手。

"您想知道，"我用坚定不移的口吻说，"我喜不喜欢您的妹妹？不错，我喜欢她……"

加京瞥了我一眼。

"可是，"他结巴着说，"您该不会娶她吧？"

"您要我怎么回答这样一个问题呢？您自己判断一下，现在我能……"

"我知道，我知道，"加京没让我说下去，"我没有任何权利要求您做出回答，而且我的问题也是有失礼貌的……可是您让我怎么办呢？火是玩不得的呀。您不了解阿霞。她会生病，出走，和您约会……换一个女人也许会不露声色，静候机会，但是这样的事不是她所能做的。这件事在她是头一次遇到——糟就糟在这里！假如您见到她今天跪在我脚边伤心痛哭的样子，兴许您能理解我的担心了。"

我开始沉思。加京的"和您约会"这句话在我心头刺了一下。他对我开诚相见，我未能以诚相报，为此我感到羞愧。

"不错，"我终于说道，"您的话是对的。一小时前我收到您妹妹的一张字条——就是这一张。"

加京接过字条，迅速看了一遍，便将双手放到了膝头上。他脸部的惊愕表情显得十分滑稽可笑，然而此刻我却顾不上笑。

"您，我再说一遍，是个高尚的人，"他说，"可是现在怎么办呢？怎么办？是她自己要离开这里，又给您写条子，又怪自己处事不谨慎……究竟她是什么时候写的？她要您干什么？"

我劝他放宽心，我们开始尽可能冷静地讨论我们应当采取什么措施。

最终我选定如下方案：为避免不幸事件的发生，我应当赴约并诚实地对阿霞做出解释，加京必须坐在家里，对于知道她字条的事要不露声色。我们约定晚间再见面。

"我坚定地相信您，"加京说着紧紧地握住我的手，"请原谅她，也请原谅我。明天我们还是得走，"他起身补充说道，"因为您毕竟不会娶阿霞做妻子啊！"

"您在傍晚以前给我点儿时间容我考虑考虑吧！"我回答道。

"好吧，不过您不会娶她的。"

他走了，我扑在沙发里闭上了双眼。我的脑袋在打转，太多的印象一下子涌进了脑海。我抱怨加京的坦率，抱怨阿霞。她的爱情使我快乐，又叫我难堪。我不明白是什么促使她向哥哥坦陈一切，我为无法避免迅速地、几乎要在瞬息之间作出决定而焦灼、苦恼……

"和一个十七岁的女孩子结婚，又要对付她那样一种个性，这怎么可能？"我思虑着。

15

在约定的时间里我渡过了莱茵河，在对岸遇见我的第一个人，便是清晨来找过我的那个小男孩儿。显然他是在等候我。

"是安娜小姐送来的。"他悄声说着，递给我另一张字条。

阿霞通知我改变会面的地点。我应当过一个半小时再来，但不是到教堂，而是到露伊斯太太的屋里，在楼下叩叩门然后走上三楼。

"还是回答：是？"男孩儿问我。

"是。"我做了肯定的回答，然后沿莱茵河岸边走去。

要回寓所已经没有时间，我又不愿在街上闲逛。城墙外有一座小庭院，里面有个打九柱戏的遮阳棚，还有几张为嗜好啤酒的人而设的桌子。我便走进院去。有几个已经上了年纪的德国人在打九柱戏，木球滚过去发出噼里啪啦的声响，有时爆发出一阵阵喝彩声。一个漂漂亮亮的女招待，哭得眼泪汪汪的，给我端来一杯啤酒。我望了望她的脸。她急忙转过身走开了。

"是啊，是啊，"一位坐在一旁的红光满面、胖墩墩的男人说，"我们的甘辛今天伤心透了，她的未婚夫当兵去了。"

我望了望她，她缩在角落里以手支颈，泪珠儿一颗接一颗从指缝间滚下来。有人叫啤酒，她递给他一杯后又回到自己的位置。她的痛苦影响了我，我开始思考我面临的约会，极力想从忧心忡忡、郁郁寡欢的思绪中解脱出来。但终究我这次赴约，心情难以轻松，因为等待着我的不是忘情于相互爱恋的欢愉，而是去履行许下的诺言，履行艰难的职责。"可不能跟她闹着玩儿！"加京的这句话像箭一般钻进了我心里。还在大前天，在这叶随波逐流而下的小舟上，我不是曾因为对幸福的渴望而苦恼吗？如今幸福变得可望而且可即了，我却犹豫起来。幸福的骤然而致使我难堪。老实说，阿霞这个人本身，连同她火一般的思想，她的身世，她所受的教育，这样一个迷人然而古怪的人，使我害怕，两种情感在我内心久久地较量着。约定的时间正在逼近。"我不能娶她，"我终于下了决心，"她不会知道我也爱上了她。"

我站起来，将一个三马克的银币放进可怜的甘辛的手心后（她连声"谢谢"也没对我说），就向露伊斯太太的家走去。空中已布满晚间的幢幢暗影，幽暗的街道上空映照出一抹落霞般殷红的返照。我轻轻叩了一下门，门当即就开了。我跨过门槛，置身于一片漆黑之中。

"往这儿走！"是一个老年妇女的声音，"正等着您呢。"

我摸索着迈了一两步，一只瘦骨嶙峋的手牵住了我的手。

"您是露伊斯太太吧？"我问。

"是我，"同一个声音回答我说，"是我，我的好小子。"

老太太又领我沿一条陡陡的楼梯往上走，然后在三层楼的楼梯口停了下来。借着小窗口射进的一束微弱的光线，我看见了市长遗孀的那张皱皱巴巴的脸。她拉开两片瘪嘴唇，露出一丝甜腻腻的狡狯的微笑，将一双浑浊无光的眼睛眯了起来。她向我指指一扇小门。我的手哆嗦着开了门，进去后又随手砰的一声将它关上。

16

我步入的那个小房间里非常地暗，我没有马上看见阿霞。她裹着一块长披肩，坐在窗前的一张椅子上，别转着脸，脑袋几乎藏了起来，活像一只受惊的小鸟。她呼吸急促，浑身打战。我对她产生了一种难以形容的怜悯感。我走到她跟前，她更加转过脸去……

"安娜·尼古拉耶芙娜！"我说。

她猛然挺直了身子，想正眼望我，但是没有成功。我抓起她的手，那只手冰冷冰冷的，放在我手心里犹如死人手一般。

"我希望，"她开始说，竭力作出微笑的样子，然而她苍白的嘴唇却不听她使唤，"我想……不，我不能。"她说着就不响了。确实，她的声音，每说一个字便要停顿一下。

我坐到她身边。

"安娜·尼古拉耶芙娜。"我重复道，我同样再也说不出话来。

谁也不说话，我继续握住她的手，凝目望着她。

她依然全身瑟缩着，呼吸困难，轻轻咬住下唇，以便不哭出声来，噙住夺眶而出的眼泪……我望着她那怯生生纹丝不动的样子显出的某种动人的无可奈何的神情，仿佛由于疲惫不堪，勉强拖着脚步来到椅子跟前，就这么一直瘫倒在上面了。我的心软了下来。

"阿霞！"我用几乎听不见的声音说……

她徐徐地向我抬起双眼……哦，一个坠入情网的女人的眼神——谁能描述得了？这双眼睛在祈祷，在表达信任的感情，在倾诉自己的疑虑，在表示顺从的意愿……我无力抗拒这双眼睛的魅力。一股淡淡的火焰燃遍我的全身，犹如一根根扎人的小针在刺。我俯下身去，贴在了她的手上……

听得一阵哆哆嗦嗦的声音，仿佛一阵断断续续的叹息，于是我感觉有一只虚弱无力、像一片树叶一样颤动的手在我的发际轻轻触摸。我抬起头，看见了她的脸。这张脸蓦然之间竟变得那么厉害！恐惧的表情已经荡然无存，目光投向不知名的远方，而且把我也带向那里。她双唇微开，额头苍白，似大理石一般，鬓发垂向后方，仿佛被风吹过去似的。我忘乎所以，把她拉向自己的身边——她的手驯顺地服从了，她的身体跟着手一起被拉了过来，披肩从肩头滑落下去，她的头轻轻地靠在我胸口上，放在我发热的双唇下面……

"您的……"她细声说，勉强能听得见。

我的两臂已经在她的腰部来回轻抚……然而猛然间我想起了加京，犹如闪电在我眼前一亮。

"我们在干什么啊！……"我大声说道，随即浑身一颤，向后退去，"您的哥哥……他可是什么都知道啦……他知道我和您约会。"

阿霞坐到椅子上。

"是的，"我站起来，走到房间的对面一角，继续说，"您的哥哥全明白啦……我必须把什么都告诉他。"

"必须？"她含糊不清地说，显然她还未能清醒过来，所以不太理解我说的话。

"对，对。"我以一种冷酷的口吻重复说，"而且这全是您一个人的错，您一个人。为什么您自己要泄露咱们的秘密？是谁叫您向您哥哥和盘托出这一切的呢？今天上午他本人就在我那里，向我转述了您和他的谈话。"我努力不去看阿霞，大步大步地在房间里踱来踱去，"现在全完了，全完了，全完了。"

阿霞想从椅子里站起来。

"别起来，"我大声说，"别起来，我请求您。您现在结交的是一个诚实的人——是的，一个诚实的人。可是，看在上帝份儿上，是什么使您激动不安？难道您发觉我身上有什么变化？而我，当您哥哥今天来找我时，却不能对他瞒着不说啊！"

"看我说什么来着？"我心里想，认为我是个缺德的骗子，加京知道我们这次约会，一切都走了样、都暴露了的想法，一直在我脑海里萦回不去。

"我没有叫哥哥来，"是阿霞惶恐不安的细语，"是他自己来的。"

"看您都干了些什么，"我继续说，"现在您却想走了……"

"不错，我应当走。"她同样轻声地说，"我请您来这里，只是为了和您告别。"

"您认为，"我回答说，"我和您分别就那么轻松？"

"可是您为什么要告诉哥哥？"阿霞大惑不解地重复说。

"我告诉您——我没有别的办法。如果不是您自己暴露了自己……"

"我把自己反锁在我的房间里，"她单纯地回答说，"我不知道房东太太还有一把钥匙……"

这样一个纯真无邪、情有可原的理由，出自她的口中，又在此时此刻——当时几乎使我勃然大怒……而如今我回忆起来却不能不为之心动。可怜、实在、真诚的孩子！

"现在一切都结束了！"我重又开始说话，"一切。现在咱们应当分手了。"我偷偷看了阿霞一眼，她的脸迅速变红了。她变得既羞惭又害怕，我感觉得到这一点。我自己一边走一边说着，仿佛在打摆子似的："您不让正在开始成熟起来的感情发展，您自己扯断了我们之间维系感情的纽带，您不信任我，对我怀疑……"

在我说话的时候，阿霞的身子越来越向前倾——蓦地一下跪了下来，把头扑在两个手掌上，大哭起来。我跑到她跟前，想扶她起来，她却不听我的。我忍受不了女人的眼泪，一见到女人的眼泪顿时就六神无主了。

"安娜·尼古拉耶芙娜，阿霞，"我反复说，"我求您了，看在上帝的份儿上，请您别再哭了……"我又握住了她的手……

然而使我惊讶不已的是她猛地站立起来，似闪电一般迅步向门口跑去，随即就不见了……

　　几分钟以后，当露伊斯太太走进房来的时候，我还站在房间的中央，活像被雷电惊呆了似的。我不理解这次约会竟会这么迅速、这么愚蠢地结束——没等我把想要说的、应当说的话说出百分之一，连我自己也不知道可能会如何收场的时候就结束了……

　　"小姐走了吗？"露伊斯太太把她的黄眉毛高高地挺起，直到快碰到她的假发套，问我道。

　　我像傻子一般望了望她——出门走了。

17

　　我走出城，径直往野地里走去。懊丧，疯狂的懊丧咬啮着我的心。我连连责备自己，我怎么竟会不明白使阿霞改变我们会面地点的原因，我怎么不去估计一下她究竟有什么必要到这个老太婆家里来，我怎么竟没有留住她！在这样一间静僻、勉强透进一丝光明的房间和她单独相处的时候，我竟会有力量、有勇气将她推开，甚至对她进行指责……而现在，她的形象却对我紧随不舍，我在请求她的宽恕，我回忆起那副苍白的脸孔，那双泪水盈盈、胆小羞怯的眼睛，披散在俯倾下来的脖颈上的头发，她的头颅与我胸脯轻轻的接触——这一切使我如火烧般难过。"您的……"我依稀听到她的轻声细语。"我是凭良心做事，"我宽慰自己说……不对！难道我真的希望得此结局？难道我受得了与她分手？难道我能够失去她？"疯子！疯子！"我恨恨地反复说道……

这时夜正在临近。我大步流星地向阿霞寓居的屋子走去，

18

加京迎着我走出屋来。

"见着我妹妹吗？"老远他就向我大声喊道。

"难道她不在家？"我问。

"不在。"

"她没有回来过？"

"没有。是我不好，"加京继续说，"迫不及待了，我违反了我们事先的约定，径自去了教堂。她不在那里。也许她没有赴约？"

"她没有去教堂。"

"那您见着她了？"

我必须承认自己见过她了。

"在哪儿？"

"露伊斯太太家。我在一小时前才和她分手，"我补充说，"我当时相信她已经回家。"

"咱们等一等。"加京说。

我们走进屋，彼此靠近着坐下。我们没有说话，我们两个人都感到不自在。我们不停地回过头去向门口张望，仔细倾听着。最后加京站了起来。

"这太不像话！"他大声喊道，"我的心思都搞乱了。她真的要了我的命……咱们找她去。"

我们走出屋子。外面天已全黑。

"您究竟和她谈了些什么？"加京把帽子低低地扣到眉头上，问我。

"我和她见面只有五分钟，"我答道，"我就照我们说定的话对她讲。"

"您听我说，"加京对我说，"咱们最好分头走，这样就能快点儿碰上她。不管怎么样，请过一个小时再来这里。"

<h2 style="text-align:center">19</h2>

我快步从葡萄园里下山，向城里跑去。我迅速走遍所有街道，

探看了各个角落，甚至露伊斯太太的窗户，之后回到莱茵河边，沿河岸跑将起来……有时遇见女人的身影，但是无论何处都不见阿霞的踪迹。使我苦恼不安的已经不是沮丧的情绪——一种隐隐的恐惧心理折磨着我，而我所感受到的不仅仅是单一的恐惧……不，我感受到的是悔恨，最灼人的遗憾之心，爱情——是的！最温柔的爱情。我搓着双手，在越来越浓的夜色里呼唤着阿霞的名字，起先是轻轻地叫，继而越叫越响。我重复喊了一百遍，说我爱她，我发誓和她永不分离。只要能再握住她那冰凉的手，再听到她那轻轻的嗓音，再看见她站在我面前，我愿意献出人世间的一切……她曾经近在咫尺，她向我走来的时候满怀着决心，心灵和情感里没有丝毫杂念，她带给我的是她纯真无瑕的青春……而我却没有将她紧紧地抱在怀里，我使自己丧失了目睹她欣喜万状、容光焕发、含情脉脉的芳姿时的那种至怡至乐……这么想着，我不禁要疯了！

"她可能到哪儿去呢？她会发生什么事呢？"在无可奈何的绝望的愁苦中我大声说……突然岸边有一样白乎乎的东西闪了一下。我认识那个地方，那里，在七十多年前一个溺水而死的人的墓上，有一个一半埋进土里的石头十字架，上面有古老的题词。我的心揪紧不跳了……我跑到十字架跟前，白色的身影不见了。我喊了一声："阿霞！"我粗野的声音连我自己也吓了一跳——然而一点儿回应的声音也没有。

我决计去了解一下加京有没有找到她。

20

我沿葡萄园的小道迅步上山的时候，看见了阿霞房里的灯光……这使我稍稍放心了一点儿。

我走近屋子。楼下的门上了锁，我叩了叩门。底层一扇没有灯火的小窗小心地开了，探出了加京的脑袋。

"找到了？"我问他。

"她回来了。"他低声回答我，"她在自己房里，正在脱衣服。没事了。"

"谢天谢地！"我大声说，心里一阵说不出的高兴，"谢天谢地！现在都好了。不过您听我说，咱们还得再聊聊。"

"换个时间吧，"他轻轻向自己身边拉过窗子，回答说，"换个时间吧，现在，再见。"

"明天见。"我说，"明天一切都可以决定了。"

"再见。"加京又说了一遍。窗关上了。

我真想叩响窗户，告诉加京我要向他妹妹求婚。然而此时此刻提出这样一个要求……"等明天吧，"我想，"明天我就是个幸福的人了……"

明天我将是个幸福的人了！对幸福来说没有明天，幸福也没有昨天，幸福不记得既往，也不考虑未来，幸福只有现在——而且不是一天，而是片刻。

我记不得是怎么走到3城的。不是我的双脚在带我行走，也不是小舟在载我移步，是一双宽阔、强劲的翅膀驾着我腾空而飞。经过夜莺在其间啼鸣的一丛灌木，我停住脚步谛听良久，我仿佛觉得夜莺在歌唱我的爱情，我的幸福。

21

第二天清晨，当我开始走近那间熟识的小屋时，一幅景象使我惊讶不已——所有的窗户都洞开着，门也大开，门口散落着一些纸张，手持扫帚的女仆出现在门里面。

我向她走近前去。

"都走了！"没等我问她加京在不在家，她就抢着说了。

"走了？"我重复她的话，"怎么走的？去哪里？"

"今天早晨走的，六点钟，没说去哪儿。请等一等，您好像是

H 先生？"

"我是 H 先生。"

"房东太太那儿还有一封给您的信。"女仆说着走上楼去，回来时带着一封信，"请看，这就是。"

"不可能啊……怎么会这样呢？……"我刚想开口说。

女仆呆滞地望了望我，便开始扫地。

我打开信笺，是加京写给我的。阿霞一句话也没有。信开头他请求我不要为他的突然离去而生气。他相信，按照理智的考虑，我会赞同他的决定。他找不出其他办法来摆脱可能会变得狼狈和危险的境地。"昨天晚上，"他写道，"当我们两人默默地坐等阿霞的时候，我完全确信我们必须分离。有一种我所相信的预兆，我明白您不会娶阿霞。她什么都对我说了，为了让她安心，我对她再三提出的强烈请求应当作出让步。"信的结尾处，他把我们的相识这么快就中断引为憾事，祝愿我幸福，友好地握我的手并求我不要设法去追寻他们。

"什么样的预兆？"我喊道，仿佛他能听见似的，"真荒唐！谁给你权利将她从我身边拐走……"我用力揪住自己的头发……

女仆开始大声叫唤房东太太，她的惊恐使我清醒过来。我脑子里闪出一个念头：去寻找他们，无论天涯海角也要寻找。受到这样的打击，平心静气地对待这样的分离是不可能的。我从房东太太那里得知他们早上六点乘上汽轮沿莱茵河到下游去了。我去找了售票处，那里告诉我他们买了去科隆的船票。我回去马上收拾行装，乘船去追踪他们。我必须路经露伊斯太太的屋子……忽然我听见有人叫我。我抬起头，正是在昨夜我和阿霞会面的房间的窗口，望见了市长的遗孀。她露出令人讨厌的笑容，正在叫我，我转过身，正准备走过去，但是她从后面喊我，说她有东西要给我。这使我停住了脚，并进了屋。当我再度目睹这个房间时，我真不知道如何表达自己的情感！

"照眼下的情况，"老太太拿出一张小纸条开始说，"只有在您亲自来找我的时候我才将它交给您，可是您是这样好的一个年轻人。拿着吧。"

我拿起纸条。

在一小片纸上用铅笔匆匆忙忙地写着下面几句话：

别了，我们再也见不到了。我不是出于骄傲才走的——不，我别无选择。昨晚当我在您面前哭泣的时候，您只要说出一句话，仅仅一句话，我可能就留下来了。您没有说。看来这样更好……永别了！

　　一句话……哦，我这个没脑子的人！这句话……昨晚我曾含着眼泪重复多遍，我曾对着风热情地倾诉过，我曾在空旷的田野一说再说……然而我没有对她说，我没有告诉她我爱她……是的，这句话当时我说不出口。当我与她在那间决定命运的房间里相会的时候，我还没有明确地意识到自己的爱情。即使在我和她的兄长坐在一起，处于无谓而难堪的沉默之中时，这种意识也尚未觉醒……只是在瞬间之后，当我被可能发生的不幸事件所震惊，我开始寻找她、呼唤她的时候，这种意识才以不可抗拒的力量迸发出来……然而此时此刻为时已晚。"不，这不可能！"有人会对我说。我不知道，这不可能——我知道这是实话。如果阿霞身上有丝毫轻浮女子的影子，如果她的地位不是虚假的，她或许不会走。任何一个别的女人也许可以隐忍的东西她却忍受不了，而这一点我却未曾明了。我那心地不良的保护神在我与加京坐在昏暗的窗前最后一次会面的时候，阻止了我亲口承认我的爱，于是本来尚能抓得住的最后一根线从我手心滑脱了。

　　当日我手提着整理好的手提箱回到 Л 城，乘船去科隆。我记得，当汽轮已经开始解缆起航时，我在心里与这些街道，与所有这些我永远也不应当忘记的地方作别——我看见了甘辛。她坐在岸边的一张长椅上。她脸色苍白，却无愁容。一个漂亮的年轻后生站在她身边，脸含笑容，向她讲述着什么。莱茵河的对岸，我的小圣母依然神情凄楚地透过老桦树沉沉的绿荫向外凝目而望。

22

在科隆我找到了加京兄妹的踪迹，我得知他们去了伦敦。我追随而去，但是在伦敦我的寻踪觅迹依旧徒劳无功。我久久不甘心就此罢休，久久顽强地努力着，但是到最后，我只得放弃追赶上他们的希望。

我再也没有见到过他们——我未能再见到阿霞。我曾听到一些关于加京的模糊不清的传闻，然而阿霞对于我却永远地销声匿迹了。我甚至不知她是否还活着。几年以后，有一次在国外的火车里，我眼前曾晃过一个妇女的身影，她的面容使我觉得酷似我不能忘怀的那张容貌……不过，也许我被一种偶然的相似所蒙骗了。在我的记忆里，阿霞依然是我一生中最好的岁月里所认识的那个小姑娘的样子，依然是我最后一次见到时俯身靠着那张低低的木制椅背的样子。

同时我也应当承认我没有过久地思念她，我甚至认为我没有和阿霞结合是命运的巧妙安排。当我想到和这样一个妻子一起生活未必会幸福时，内心便感到宽慰。我正当年少，所以未来、短暂易逝的未来，在我心目中似乎是无穷无尽的。我曾想过，难道曾经发生过的事就不能再现，而且变得更好、更美？……我曾结识许多别的女人——然而阿霞在我身上激起的感情，那种炽烈、温柔、深沉的感情，已经不可能再度出现了。不！对我来说，没有一双眼睛能替代一度情意绵绵地凝视着我的那双眼睛！不管贴到我胸口的哪一个人的心，都不能叫我的心怀着如此欢愉、甜蜜和紧张的感应！我命中注定要过无家无室、形影相吊的单身生活，我正在苦挨寂寞无聊的岁月。我似圣物一般保藏着她的那些纸条和一朵干枯的天竺葵花，就是当初她从窗口抛给我的那一朵。这朵花至今还发出淡淡的清香，而将这朵花抛给我的那只手，我只有一次机会将自己的嘴唇贴在上面的那只手，也许早就在坟墓里腐烂了……至于我自己——我又怎么样了呢？我，还有那些无比幸福又惶惑不安的时日、展翅飞翔的理想和追求，又留下了什么呢？一根微不足道的小草短暂的萎枯过程，却感受着一个人的全部欢乐与苦痛——也感受着这个人的本身。

青少年必读名著

001
《爱的教育》

002
《小王子》

003
《绿野仙踪》

004
《彼得·潘》

005
《柳林风声》

006
《昆虫记》

007
《爱丽丝奇遇记》

008
《格列佛游记》

009
《海底两万里》

010
《人类的故事》

011
《水孩子》

012
《简·爱》

013
《钢铁是怎样炼成的》

014
《秘密花园》

015
《名人传》

016
《鲁滨逊漂流记》

017
《汤姆·索耶历险记》

018
《朝花夕拾》

019
《繁星·春水》

020
《城南旧事》